I0530881

Pianista Franceză

Olga Paraschiv

Soțului iubit și părinților dragi...

Capitolul I

Apus de soare în mrejele unei vieți de artist

Iunie 2013

După ploaia tempestuoasă de după-amiază, culorile cerului au prins a dansa în nuanțe de roz, completând fundalul galben-maroniu. Iar împreună cu dinamica norilor fumurii, se crea o imagine ușor asemuită cu una din picturile lui Johan Christian Dahl. În același timp, copacii, lăsați în voia vântului mediteraneean, balansau un ritm lejer, aproape hipnotizant, susținuți de păsările ce se destindeau deasupra lor, în zbor. Ferestrele caselor susțineau această simfonie a naturii, prin reflectarea razelor în diferite direcții, de unde se crea un glorios dans al luminilor.

Acest cântec de leagăn brahmsian, dedicat soarelui, putea vindeca orice neliniște, însă localnicii comunei Tarbes erau mult prea ocupați pentru a observa miracolele naturii. Se anunțase mare eveniment în acea seară. Astfel încât, nici briza de iunie nu putea răcori agitația și învălmășeala din sala dc conccrt a Conservatorului *Henri Duparc*. Totul și toate erau pregătite pentru ea, legendă vie a muzicii pianistice. Faimoasă pentru agilitatea degetelor, maniera pianistică stilizată şi, desigur, pentru frumuseţea cuceritoare de odinioară. Această seară urma a fi una cu adevărat memorabilă, spuneau vârstnicii, iar tinerii, care nu au avut ocazia să vadă pianista pe viu, dădeau nedumeriţi din cap, gata pentru o minune.

Vestea glorioasei întoarceri în localitatea ei natală, de unde a plecat acum 40 de ani Madeleine Montblanc, s-a răspândit cu viteza luminii şi localnicii comunei simţeau nevoia să o întâlnească, pentru a-i declara cât de mândri sunt că a scos numele acesteia în lume. Cariera sa fulminantă intra în categoria unei istorii tipice de succes, iar Madeleine Montblanc niciodată nu şi-a dezamăgit susţinătorii şi fanii, care au fost alături, chiar şi în cele mai dificile timpuri.

Sala de concert, unde urma să se desfăşoare evenimentul, era de proporţii medii, în comparaţie cu alte săli din regiune, însă, datorită aspectului clasic, calculat pentru confortul interpreţilor, aceasta se bucura de o imensă popularitate printre muzicienii locali sau invitaţi. Scaunele din auditoriu, în culoarea unui bordo sofisticat, erau amplasate la o bine-măsurată distanţă de scenă, ideală pentru a nu perturba focusarea celor antrenaţi în procesul muzical. Cortina era şi ea făurită în acelaşi stil ca tapiseria scaunelor, dar finisată la margini cu fir auriu, ce se potrivea perfect unui anturaj regal. Pereţii proaspăt renovaţi, împodobiţi cu tablouri, păstrau vibraţiile a numeroase concerte, printre care şi originalele recitaluri de muzică de cameră, realizate de surorile Montblanc.

În timp ce se adunau în interiorul Conservatorului tot mai mulţi amatori ai muzicii pianistice, secretara domnului director împărţea copios broşuri celor care şi-au găsit deja loc în sală. Broşurile descriau „în câteva cuvinte" viaţa celebrei muziciene. Pe hârtia de calitate era imprimată imaginea pianistei de acum douăzeci de ani, alături de un *Bösendorfer*. Mai jos, cu litere negre, era scris: „Fotografiatul şi semnarea autografelor sunt permise doar după eveniment". Alături, era indicată data de astăzi, 20 iunie 2013, iar pe verso, cu caractere cursive, urmau datele ei biografice:

„Madeleine Montblanc s-a născut la data de 7 noiembrie 1943, în comuna Tarbes, Franţa. A studiat pianul din fragedă copilărie datorită mediului favorabil creat în familie. Mama ei, Eloise Montblanc, fiica fostului primar al comunei, François Duport, împreună cu tatăl, Gustav, au reuşit să denote şi să contribuie enorm la viitorul faimoasei muziciene.

La vârsta de 7 ani, Madeleine acompaniată de Orchestra Simfonică a comunei Tarbes a susţinut primul său recital solistic. În aceeaşi perioadă, a concertat alături de sora sa, Geneviève Montblanc, în cadrul festivalurilor regionale. Recitalurile surorilor Montblanc au devenit, ulterior, o tradiţie în comună, iar muzica lor a bucurat mult timp sufletele localnicilor. La 11 ani, Madeleine a fost admisă la *Conservatoire National Supérieur de Musique et de Danse de Paris*, unde a studiat arta pianistică alături de Jacques Février. În anul 1965, a câştigat Premiul Întâi la Concursul Internaţional *Marguerite Long-Jacques Thibaud* din Paris. Au urmat turnee europene, colaborări celebre cu diferite orchestre şi dirijori, dar şi numeroase înregistrări de muzică clasică, în special muzica franceză a secolului XX.

Madeleine Montblanc a fost comparată adesea cu remarcabila Cécile Ousset, o altă figură proeminentă pentru Tarbes. Cu toate că au existat câteva elemente în comun, doamna Montblanc a reuşit să se distingă prin rafinamentul frazării muzicale şi fineţea cu care abordează până şi o singură notă. Axată pe integritatea lucrărilor muzicale, cântarea pianistei exprimă perfect dorinţele compozitorului, însă în cele mai neaşteptate momente, se poate desluşi o nuanţă, un ritardando, o textură timbrală caracteristică doar ei. Astfel, reuşeşte să suplinească melodia cu noi elemente expresive acolo unde, la prima vedere, s-ar părea că nu se cere. Cât de plăcut este, uneori, să ni se demonstreze contrariul.

Începând cu 1973, doamna Montblanc se stabileşte în Statele Unite ale Americii, unde talentul ei cunoaşte un nou val de apreciere. Pe lângă numeroasele participări la festivaluri, concerte, colaborări şi master-class-uri, pianista a acceptat oferta de a deveni membru al juriului la marile concursuri internaționale. De asemenea, pianista, reușește să îmbine prolifica activitate concertistică, cu cea pedagogică, devenind profesor la *Curtis Institute*, în SUA.

Madeleine Montblanc s-a evidențiat în istoria pianisticii franceze, nu doar prin tehnica excelentă, dar și prin capacitatea de a da viață oricărei lucrări muzicale."

După ce toată lumea a luat loc, în sală, a intrat directorul Conservatorului. A urcat iute scena și cu o înfățișare sobră a cerut pentru început să se facă liniște, apoi rosti:

– Bună seara, doamnelor și domnilor, astăzi, am fericita onoare de a vă prezenta mândria Tarbes-ului, câștigătoare a numeroase premii naționale și internaționale, și, desigur, cetățean de onoare a comunei, doamna Madeleine Montblanc!

După o tiradă de aplauze, de după culise, a apărut o doamnă cu un zâmbet cald, care trăda umilitate în ciuda numelui consacrat. Ochii ei emanau blândețe și recunoștință pentru modul în care a fost primită. Chiar și după atâția ani, marea artistă nu se putea obișnui cu o astfel de apreciere și întotdeauna rămânea profund impresionată. Nici această seară nu a fost o excepție.

În clipa când Madeleine a urcat în scenă, s-a lăsat o liniște subită, de părea că fiecare invitat îi urmărea cu atenție orice mișcare, probabil, în speranţa de a sesiza ceva divin în această fiinţă plăpândă. S-a apropiat încet de măsuţă şi scaun, a luat loc într-un mod cât se poate de elegant, inconştientă parcă de ceea ce i se întâmplă. A simţit apoi cum, puţin câte puţin, senzaţiile trecutului o învălmăşeau.

Din pereţi, spre mijlocul sălii, se revărsau, parcă, şiruri de note interpretate cândva la Steinway-ul, înlocuit acum cu o Yamaha, tavanul încă păstra vibraţiile acordurilor rahmaninoviene, euforiile interpretative, clipe de maximă inspiraţie împărtăşite cu Geneviève, sora ei cea dragă. „Oh, Geneviève...". Simţea cum ochii încep a se umezi, dar şi-a revenit repede şi a privit spre director:

– Richard, văd că ai renovat câte ceva aici, sper că nu special pentru mine? întrebă Madeleine cu o privire cochetă, creând un uşor val de zâmbete printre spectatori, din moment ce toată lumea ştia cât de econom este domnul Boudin.

Astfel, în mod oficial, a început seara dedicată legendarei pianiste Madeleine Montblanc.

Capitolul II

Farmece în ritm de galop

Iunie 2013

Nocturne de Chopin, suite de Debussy, preludii de Skriabin răsunau sub privirea entuziasmată a publicului. Dedicațiile speciale veneau din partea tinerilor muzicieni care o aveau pe pianistă ca un model demn de urmat. Din acest motiv, fiecare încerca să-i demonstreze că el sau ea merită să încalțe pantofii succesului ei. Însă, Madeleine prefera să se lase învăluită de energia debordantă a melodiilor, în care fiecare notă înfiripa în sufletul ei o emoție, un gând plăcut, o amintire efemeră. Starea relaxată a doamnei Montblanc, a permis pianiștilor să lase la o parte intimidarea hrănită din reputația ei, astfel, au reușit să transmită mai ușor mesajul clădit în acordurile muzicale.

În opinia criticilor, charisma pianistei a fost asul din mânecă, care a cucerit marile scene ale lumii și acum când atinsese o vârsta onorabilă de 70 de ani, această virtute nu a pălit deloc. Era zveltă și perspicace, iar atitudinea sa, nicidecum nu reda consecințele etății. Cu ochii de culoarea unui brun-pastelat, machiați discret, cu o coafură inspirată din eleganţa anilor '60, şi cu un stil vestimentar minimalist, dar bine croit, reuşea să se impună ca prezenţă, chiar şi în faţa celor mai tinere personaje. Ca răspuns la complimentele primite, doamna Montblanc întotdeauna spunea că muzica o întinereşte şi o inspiră să savureze viaţa precum cafeaua de dimineaţă. „Iubeşte ceea ce faci şi nu va trebui să lucrezi o zi în viaţa ta", spunea Confucius.

Iar Madeleine a iubit muzica dintotdeauna, chiar dacă o repeta de sute de ori, nu pierdea din prospeţimea primei interpretări. Notele pentru Madeleine au însemnat mai mult decât cuvinte, fraze sau cărţi şi cu toate că înţelegea importanţa cititului, apela întâi la pian când voia să se relaxeze. Muzica i se dădea uşor, spre marea invidie a colegilor de breaslă, iar cele cinci ore, dăruite zilnic muzicii, în opinia ei, însemnau doar mici sacrificii artistice pline de momente de revelaţie. Astfel, primea o deosebită plăcere de fiecare dată când descoperea câte o identitate personală ascunsă prin temele neoclasiciste ale concertelor lui Rahmaninov, prin temele „încâlcite" ale fugilor bachiene sau prin alter ego-urile lui Schumann.

Avea o intuiţie muzicală deosebită încă din copilărie. Prima care şi-a dat seama a fost mama ei, atunci când la doi ani Madeleine putea să stea ore în şir lângă radio şi să asculte orice. Iar când era ora dedicată muzicii clasice, ochii străluceau de uimire şi zâmbetul ei nu cunoştea o formă mai frumoasă. În acele momente era atât de copleşită de sunetele auzite, încât nimeni nu reușea să o sustragă. Chiar și Geneviève, care era mai gălăgioasă din fire, se așeza lângă ea mirată de comportamentul surorii mai mici. Pentru Eloise, acestea erau clipele când își putea contempla copiii în liniște, croșetând, pe fundalul relaxant al picăturilor de ploaie. În una din astfel de zile ea a cunoscut revelația, iar după o discuție cu Gustav privind viitorul fetelor, au ajuns la concluzia că muzica este investiția care merită efortul, plus va fi și o bună metodă de a apropia fetele.

Madeleine, însă, a fost convinsă că a ajuns în lumea muzicii altfel, într-un mod cu mult mai special. Iar acum, după atâția ani, acea întâlnire încă mai reprezintă, sau măcar așa își dorea să creadă, un moment magic.

Mai 1948

Într-o seară de primăvară, după cină, în timp ce Eloise spăla vasele, iar Gustav și Geneviève erau în birou, încercând să dreseze cățelușul proaspăt cumpărat, Madeleine a auzit la vecinii de alături niște zgomote. Din câte a aflat Madeleine, era o familie recent mutată în casa Demarchelier, dar încă nu a avut ocazia să o cunoască. Nehotărârea ei de-a explora necunoscutul era mare, căci era o fetiță cuminte și ascultătoare. Știa prea bine că nu e voie, însă frumusețea sunetelor i-a dat frâu liber curiozității să aibă câștig de cauză. Astfel, în pas cât se poate de prudent, a ieşit prin uşa din spate, în timp ce notele se auzeau tot mai desluşit şi mai fermecător. După câteva clipe de ezitare, Madeleine a înţeles exact punctul de provenienţă a sunetelor, transformate deja în melodii, şi modul cum va putea să le găsească mai uşor. S-a mirat atunci când a descoperit că uşa de la intrare era întredeschisă şi cu toate că ştia foarte bine casa, datorită lui Antoine, fiul familiei Demarchelier, neinvitată nu a intrat niciodată. Acum totuşi a riscat.

După ce a trecut pragul casei, în clipele următoare s-a aciuat în camera de zi, unde, în sfârşit, putea să asculte pe deplin muzica. Când a zărit persoana care cânta la pian, s-a cam sfiit. Era un bătrân uriaş pentru o fetiţă atât de firavă, totuşi Madeleine a găsit curajul să înainteze şi să observe mâinile ce dănţuiau pe clapele alb-negre.

– Îţi place ce auzi, domniţă? întrebă bătrânul, fără să se întoarcă.

– Da ... aş vrea să cânt şi eu aşa, a răspuns fetiţa surprinsă de întrebare şi de faptul că bătrânul a observat-o.

– Atunci vino mai aproape, să vezi cum are loc magia, i-a zis bătrânul zâmbind şăgalnic, în timp ce mâinile îşi continuau tirada.

Fetiţa se apropie câte puţin, dar în clipa când a ajuns lângă pian, bătrânul a schimbat subit melodia. Dintr-un vals elegant şi lejer, muzica s-a metamorfozat într-un galop atât de rapid, de ziceai că degetele se întreceau între ele. Madie încercă să

12

le urmărească, dar prima tentativă a fost o nereușită, așa încât vedea totul dublu. Nedumerită, întrebă:

— Cum faci asta, nene?

— E magie, domniță, bătrânul cu o voce moale îi răspunse.

— Vreau să încerc și eu! exclamă fetița.

Bătrânul se opri din cântat, lăsând să urmeze un surd ecou al muzicii. După ce s-a lăsat o liniște deplină, a luat mâinile copilei și i le-a sărutat.

— Iată, acum ai și tu din magia mea, a surâs bătrânul. Însă această vrajă conține un secret, e nevoie de multă muncă pentru a funcționa, m-ai înțeles? Acum fugi, să nu observe mama că nu ești acasă.

Madeleine nu l-a lăsat pe bătrân să-și termine bine fraza, că o zbughi pe ușă afară, de frică să n-o pedepsească mama. Fugi cât o țineau picioarele, dar în același timp era fericită, căci acum și degețelele ei au magie. Fericirea s-a încheiat odată ajunsă acasă, când a dat cu ochii de fusta mamei, dar mai ales atunci când a ridicat capul și a înțelescă nu era de glumit. Oricât a încercat să-i explice mamei că în casa vecină locuiește un magician care cântă la pian și că ea tot poate cânta, tot a fost pedepsită.

Până când într-o bună zi, l-a întâlnit din nou pe bătrânul cu pricina, chiar lângă casa lor, atunci Eloise a înțeles despre cine era vorba și a rugat-o să intre în casă că vrea ea să-i vorbească vrăjitorului. Când Eloise a revenit, Madie stătea lângă ușă nerăbdătoare să afle ce a vorbit atâta timp cu pianistul. Eloise a zâmbit, a cuprins fetița și i-a spus:

– Domnul Robichaux este un renumit profesor de pian în sud-vestul Franței și, spre bucuria noastră, a acceptat să predea la Conservatorul din Tarbes. A mai promis că va face lecții și cu tine. Ai vrea ca domnul Robichaux să-ți fie profesor?

Ochii mari și zâmbetul larg al fetiței au răspuns afirmativ.

Capitolul III

Cele mai valoroase cuvinte sunt cele spuse la momentul potrivit

Iunie 2013

După finisarea superbelor dedicații muzicale, Richard Boudin, directorul Conservatorului, le-a mulțumit galant studenților, apoi a vorbit despre reușitele fiecăruia, dar și despre activitatea instituției. Apoi, a redirecționat discursul spre public, pentru a-i oferi posibilitatea, de a-i adresa întrebări doamnei Montblanc. În cele câteva minute de tăcere, în care Madeleine privea cu seninătate publicul, s-a găsit cineva mai îndrăzneț care să întrebe primul. Doamna i-a oferit cuvântul. S-a ridicat un tânăr vizibil sinchisit de atenția neașteptată orientată spre el, dar datorită determinării de a sfârși misiunea propusă, a întrebat răspicat:

– Doamna Montblanc, când erați mică, ați visat vreodată că veți ajunge atât de departe?

– Nu sunt sigură dacă am ajuns chiar atât de departe după cum ai remarcat, zâmbi modest doamna, dar țin minte că de copilă am iubit animalele, în special pisicile. Părinții mei preferau câinii din mai multe motive practice și se opuneau adoptării unei pisici, din cauza că...zgâriau. Ceea ce nu se potrivea deloc, în opinia lor, cu mâinile unei domniţe, nemaivorbind de mâinile unei pianiste. Astfel, a trecut timpul, însă pisici nu am mai avut, dar îmi amintesc cum, la vârsta de 5 sau 6 ani, mi-a venit ideea să adopt şapte pisici imaginare. Aşa am şi făcut, şi fără a ezita prea mult, le-am numit Do, Re, Mi, Fa, Sol, La, Si.

Publicul o privea mirat, sceptic la vorbele pianistei, şi nu prea înţelegea ce au pisicile, fie şi şapte, cu muzica.

– Îmi imaginam cum le învăţam să miaune diferite melodii inventate de mine şi cu cât trecea mai mult timp, cu atât reuşeam să compun mai multe melodii. Uneori, reuşeam să ajung chiar până la zece pe zi. Atunci am cunoscut o adevărată fascinaţie pentru muzică, care ulterior a cultivat atitudinea mea faţă de pian. Ca orice copil, şi eu am cunoscut o perioadă de rebeliune împotriva orelor de pian. Astfel, cu ajutorul pisicilor imaginare am perceput ceva frumos şi minunat. Toate comorile muzicii, cele mai frumoase melodii care ne inspiră se ascund în doar şapte note, doar şapte...

Doamna Montblanc lăsă cuvintele să se facă bine înţelese, în timp ce spectatorii, au realizat, în sfârşit, despre ce era vorba, apoi continuă, de parcă îşi mai aminti ceva:

– Desigur, mama mea nu era la fel de entuziasmată de visările mele. Eram deseori certată din această cauză, până când informaţia nu a ajuns la profesorul meu, care a convins-o pe mama că pisicile mele imaginare sunt un atu pentru dezvoltarea mea pianistică și ar fi mai bine să fie implicate în studiu, și nu excluse. Astfel, aportul direct în definirea mea ca pianistă se datorează profesorului meu de pian, domnului Robichaux. Tot datorită dumnealui, mulți ani mai târziu, am publicat o carte de melodii pentru pianiștii începători.

***

Profesorul Robichaux era foarte respectat prin împrejurimi și, cu toate că i s-a dus faima de un iubitor de femei, era mult stimat datorită faptului că era un maestru al muzicii. Legende despre tinerețea-i tumultoasă creau multă vâlvă printre cercurile de muzicieni. Una din cele mai însemnate era istoria despre cum în anii '20 a stat la masă cu *Les Six* și a participat la acele faimoase discuții controversate privind viitorul muzicii franceze. Alt zvon era că a călătorit prin Rusia și a făcut schimb de experiență cu marii pianiști ai timpului, deși nimeni nu putea spune concret cu cine anume. Desigur, domnul Robichaux, la rândul său, niciodată nu a confirmat aceste zvonuri, în plus, avea destulă bunăcuviință să nu le discute cu persoanele nepotrivite.

Oricât de speculativă a fost viața marelui maestru, munca și rezultatele lui au fost dintotdeauna la un nivel înalt. A dăscălit mulți

17

pianişti, care acum cutreieră lumea, iar această informaţie poate fi confirmată de oricine. Deja spre apus, şi-a dedicat viaţa unei singure femei şi unei singure activităţi artistice: se ocupa de cizelarea marilor talente. Iar după atâta experienţă verificată în timp, a dezvoltat un instinct, aproape infailibil, în depistarea lor.

Pentru domnul Robichaux, Madeleine a devenit asemenea unei nepoţele căreia îi preda şi pianul. Fireşte, era sever, dar ea nu-i ieşea din vorbă şi uneori, chiar îl completa, ceea ce trezea în sufletul profesorului o căldură părintească. Adesea, îi aducea ciocolate la ore, dar niciodată în formă de recompensă, căci contravenea tuturor principiilor sale. Profesorul întotdeauna îi spunea că trebuie să muncească pentru un scop bine determinat, iar Madie înţelegea corect acele scopuri.

Madeleine îşi amintea cu multă admiraţie cele mai însemnate vorbe din perioada studiului alături de mentorul ei:

„Muzicianul trebuie să însuşească un sistem de deprinderi, priceperi, abilităţi care se susţin una pe alta. Acestea vor defini şi schimba toată percepţia sa despre lume. Datorită unei munci vaste, care îl modelează şi îl transformă, muzicianul devine artist..."

„Omul iubeşte arta, mai ales cea pe care o înţelege. Dacă muzica va corespunde simţului tău lăuntric şi imaginii pe care o are asupra respectivei lucrări, indiscutabil îți vei asigura un admirator pe viață..."

„După preferințele muzicale poți determina o opinie clară asupra unei persoane. Cei care iubesc grandoarea lui Wagner doresc să fie lideri, dacă iubesc muzica jovială a lui Mozart, sunt tineri în suflet, iar admiratorii lui Chopin sunt adesea iubitori ai descoperirilor lăuntrice și ai cugetărilor filosofice..."

„Creează-ți o opinie personală despre tot ce se întâmplă în jurul tău, chiar dacă nu le vei spune nimănui. Altfel vei fi nevoit să pleci capul și să împărtășești opinia celorlalți. Nu poți fi cel mai bun fiind altcineva, poți fi cel mai bun fiind tu însuți."

„Primul nostru scop e să convingem publicul. Chiar dacă publicul poate fi și unul mai puțin versat, intuiție, cu siguranță, are. Oricine poate simți autenticitatea unei interpretări, poate mai puțin ignorantul, însă cine își dă interesul pentru o clipă, va simți cât de sinceră este interpretarea ta..."

„Niciodată să nu-ți fie rușine de cine ești. Dumnezeu te-a creat așa cum a știut mai bine și dacă ceva nu ți-a dat, cu siguranță a avut un scop. Ai încredere în puterea divină..."

Capitolul IV

Reverberaţiile unui vis în mâinile unui pedagog iscusit.

Iunie 2013

După câteva clipe de reverie, Madeleine a fost întreruptă de o tuse şi a realizat că se instalase o linişte mult prea lungă. Fără a ezita, a oferit cuvântul tânărului care de ceva timp ţinea mâna ridicată. Când acesta s-a ridicat, a reuşit să-l distingă pe fiul domnului Boudin, care studiază canto la acelaşi conservator.

– Cum aţi reuşit să treceţi peste dificultăţile tehnice şi artistice, doamnă Montblanc? a întrebat desluşit studentul.

– Întrebarea e una complexă, în opinia mea, probabil o voi diviza, pentru a mă exprima mai bine. Pentru început, aş vrea să încep cu dificultăţile artistice prin care trece fiecare muzician, răspunse artista. – Auzisem de la cineva, încă în tinereţe, că dacă respecţi agogica, dinamica, tempoul, faci muzică. Adică interpretarea ce corespunde întocmai textului, poate substitui muzica.

Profesorii prezenţi s-au amuzat la acele vorbe, fiind şi ei martori ai unor astfel de opinii.

– Nu e chiar aşa, continuă pianista, aceşti termeni sunt doar nişte indicii pentru interpret, în descoperirea adevăratului sens muzical, iar acesta, deseori, nu se află la suprafaţă. De asemenea, în procesul de studiu este necesar şi o meditare mai îndelungată asupra muzicii, dar nu cu ajutorul instrumentului, ci a interpretului în faţa notelor. Textul muzical este scheletul pe care clădeşti armonia, este bucata de marmură din care, precum Michelangelo, cioplești adevărul muzical. Şi cum în viaţa cotidiană, adevărul este diferit, în dependenţă de persoană, aşa şi în muzică, adevărul zace în sufletul fiecăruia. Din acest motiv, este importantă autenticitatea. Este atât de uşor să fii tu însuţi, însă este la fel de greu să te menţii şi să nu te laşi pradă multitudinii de opinii. Când o persoană nu îşi apreciază autenticitatea, apare controlul exagerat. Neîncrederea în propriile forţe se compensează printr-un control sever al celor ce urmează să se întâmple. De regulă, această metodă se soldează cu un eşec total. Muzica este o balanţă exactă dintre conştient şi inconştient, dintre raţional şi intuiţie, dintre emoţie şi gândul presat la rece. Prea multă euforie va crea haos, iar prea multă structură va transforma lucrarea într-un mecanism rigid şi...plictisitor.

Spectatorii prezenţi în sală au simţit cum îi treceau fiori la fiecare cuvânt rostit de marea pianistă. Atenţia publicului era orientată doar spre Madeleine, curioşi ce va mai spune în continuare.

– Cât despre dificultățile tehnice, e ceva mai simplu, deși la fel de frustrant. Să zicem că în „drumul" dumneavoastră muzical ați întâlnit un obstacol tehnic sau tehnico-artistic. Există trei posibilități de fixare a acestei probleme: să o ignori și să accepți riscul de a te împiedica ocazional de aceasta, de fiecare dată mai neplăcut. Să te antrenezi în a o evita și să rămâi cu această problemă în stare de stand-by, pentru tot restul vieții. În opinia mea, această metodă este acceptabilă doar din motive fiziologice, în rest mi se pare absurdă. Sau să pui toată silința în a o smulge din rădăcini.

Evident, va fi nevoie de un plan croit individual de pianist și profesor pentru a ușura procesul. Din experiența mea de pedagog, consider că problema trebuie divizată pe componente până la găsirea impedimentului. După, se pune în scop eliminarea acestuia, apoi se suprapune cu următoarea componentă, se combină, și tot așa, până se obține întregul modul al acelei abilități. Sunt absolut sigură că momentele de descurajare își vor găsi loc în sufletul dumneavoastră, dar, după cum spunea domnul Robichaux, „Nu există cuvântul «nu pot»".

Noiembrie 1953

– În vocabularul muzicianului nu există cuvântul „nu pot". Cugetă, insistă și vei reuși. Așa vei putea cuceri scene mari, oameni influenți îți vor fi cei mai ardenți admiratori. Vei trata inimi rănite și vei inspira cele mai mari declarații de dragoste, doar dacă în fiecare Beethoven, Mozart, Scarlatti, Rahmaninov, Debussy va fi o părticică, o fărâmă din Madeleine.

După o scurtă pauză rosti:

– Te văd o pianistă de rang mondial.

Fetița ridică ochii spre profesorul ei și observă încrederea absolută și convingerea nestrămutată din privirea lui. Domnul Robichaux continuă:

– Va trebui să te maturizezi și să ai o imaginație dincolo de vârsta ta, să simți dragostea și suferința, emoțiile și euforiile unui adult, să înțelegi viața în cele mai cinice moduri, iar moartea în cele mai ideale. Va trebui să însușești o lume întreagă și poate doar atunci vei putea înțelege pe deplin cine ești cu adevărat.

Să nu uităm că e necesar să excelezi și în armonie, teoria formelor, contrapunctul și tot ce ține de partea teoretică, căci un talent nealtoit nu dă roadă aleasă. Desigur, e important să faci și ordine în gânduri...

Ultima frază o derută pe micuță și, fără să vrea, a întrebat:

– Cum adică să fac ordine în gânduri?

– Să începem cu ideea că o minte agitată nu-ți permite să te concentrezi, iar lipsa de concentrație, în muzică, se egalează cu dezastrul. Lucrările muzicale cer un obiectiv bine formulat sau mai bine-zis o mulţime de obiective, începând cu citirea la prima vedere a piesei, până la performanţa scenică. Acum, vreau să mă rezum la ceea ce studiezi acasă şi ce scopuri ar trebui să-ţi pui.

Pe lângă partea evidentă ce ţine de tehnică şi postură, adică de exterior, adevărata muncă se produce în minte, adică în interiorul tău. Să luăm *Suite Bergamasque*, şi mai exact, cea mai populară dintre ele, *Claire de Lune*. La început, când deschidem notele – făcu o pauză pentru a le deschide – observăm, mai întâi, denumirea lucrării şi, desigur, numele compozitorului, Claude Debussy, apoi tempo-ul *Andante très expressif*, cei cinci bemoli, măsura de 9/8, nuanţa dinamică, agogica, forma tripartită...O muncă meticuloasă, dar extrem de necesară. În schimb, după, urmează partea cea mai interesantă.

Ridică respectuos eleva de pe banchetă, puse cartea deschisă pe pupitru şi continuă:

– Să ne imaginăm că eşti într-o pădure, pe malul unui lac superb, dar atât de mare, încât capătul nu poate fi văzut. Frunzele copacilor se mişcă în adierea vântului, e un loc mirific şi îmbietor. Dintr-odată – cântă primele terţe ale lucrării – ai observat Luna... Continuă melodia într-un ritm mai lent, pentru a reuşi să-şi spună gândul.

În acel moment ai realizat cât este de frumoasă această Lună plină, maiestoasă şi incandescentă, datorită căreia, pe întregul lac, s-a creat un traseu de lumină, zise profesorul, acompaniat de un clar de lună.

Madeleine, care stătea în spatele profesorului și privea atent în note, s-a lăsat în voia imaginației.

– În *Tempo rubato*, ai o mâna plină de acorduri, ca să arăți foșnetul frunzelor. În timp ce le asculți cum se mișcă într-un *pianissimo* lejer, ai observat o barcă. Astfel, de la *peu a peu crescendo et animé*, cu mici nehotărâri, te încumeți să împingi barca și să urci în ea. Acest lucru a fost confirmat prin acele patru acorduri arpeggiate. Apoi la *Un poco mosso*, puțin câte puțin, începi să plutești pe barca clătinată de vânt, pe calea de lumină, care se obține cu ajutorul mâinii stângi. La un moment dat, ai observat un oaspete neinvitat ... un licurici.

– Un licurici?

– Da, un licurici, care, în pofida faptului că e micuț, e foarte curajos și hotărât să zboare până la Lună. Încet, dar sigur, se ridică în sus și la *En animant*, ajunge cu adevărat foarte sus, dar, din lipsă de putere, cade istovit la pământ. Tu, domniță, nu îl lași să cadă și îl prinzi în palmă. În *Calmato*, el, câte un pic, își revine, în timp ce tu îi admiri frumusețea și curajul. Asta până în momentul când prinde la puteri și zboară din nou. Iar tu, începând cu *Tempo I*, revii la fascinația anterioară – Luna, care, strălucește fermecător ca odinioară. Atunci înțelegi că trebuie să revii la mal și să te întorci acasă. Iar acest *morendo* de la sfârșit, va fi amintirea ta despre această experiență fantastică, încheiată cu un arpeggiato. Desigur, toată povestea a fost un vis. Fetiţele nu au ce căuta în pădure singure, mai cu seamă noaptea târziu.

Această poveste feerică, a fascinat-o atât de mult pe Madeleine! Nu credea că muzica, atât de impalpabilă la început, poate fi atât de clară, atât de limpede şi atât de fermecătoare.

Capitolul V

Ascensiuni vertiginoase și pierderi recompensate

Iunie 2013

— Doamna Montblanc, vă admir nespus de mult, am toate înregistrările dumneavoastră, zise o tânără. Sunt curioasă să vă întreb, și cred că și alți studenți se întreabă, dacă ați avut vreodată emoții pe scenă și cum ați reușit să treceți peste ele. Vă mulțumesc.

— Fiecare muzician trece prin această experiență într-un fel sau altul, iar reacțiile pot fi dintre cele mai diferite. Cunosc artiști care nu sunt deloc afectați și simt o plăcere deosebită de la prima notă cântată. Alții, însă, rămân încremeniți din moment ce pășesc pe scenă. Deși nu există un răspuns concret asupra strategiilor de manevrare a fricii, este esențială o abordare conștientă a prestației în fața unui public, indiferent dacă vă simțiți sau nu pe scenă ca acasă. Trebuie să încercați, să simțiți, să constatați care este cauza anxietății dumneavoastră, cum o hrăniți și cum ați putea să o neutralizați. Este o luptă continuă dintre importanța pe care o dați percepției sinelui din perspectiva publicului și ușurința cu care vă acceptați sinele în momentul evoluării.

Studenții erau în special interesanți de acest subiect, așa încât concentrația în întreaga sală, a crescut subit.

– Pe scenă sunteți doar dumneavoastră și ceea ce urmează să interpretați, ochii sunt în fața clapelor, mâinile deasupra lor și pedala sub picior. Da, mai este și acompaniamentul orchestral, care trebuie respectat, dar nu cumva să uitați de dumneavoastră, în favoarea acestuia. În gând, primordiale vor fi doar ideile muzicale, care se vor revărsa una în alta ca niște cascade. În inimă, porțile trebuie larg deschise pentru ca emoțiile să poată erupe, iar în degete, va fi tehnica obținută conștient la orele dedicate exersării. Astfel, fiecare dintre dumneavoastră va fi nevoit să adune părticică cu părticică, fiecare component al acestui tot întreg, de unde se va crea senzația că sunteți sus pe un nor, că nu mai sunteți acolo în fața unui auditoriu, ci departe, pe un tărâm al muzicii, al experienței muzicale personale autentice. Sau, cum zic eu uneori, o formă de levitație spirituală.

Aprilie 1963

Din toată experiența sa de pianistă de concert, cel mai stresant a fost Concursul Internațional *Marguerite Long-Jacques Thibaud* din Paris. Și pe bună dreptate, căci el reprezenta competiția titanilor în domeniul pianistic. Primele etape Madeleine le trecuse lejer și chiar era relaxată, în pofida faptului că extenuarea se făcea simțită. Totuși, finalul a reprezentat noi culmi în rezistența ei psihologică. „Sunt înconjurată de atâția pianiști excepționali, cum să nu mă las afectată?", reflecta Madie, cu o zi înainte de etapa finală.

Deși concursul nu era primul de pe lista ei de cuceriri, având deja la activ două competiții prestigioase câștigate, însă acesta, promitea oricărui pianist o faimă mondială. Concursul era deja la ediția a X-a și de fiecare dată se organiza la Paris. Orientarea organizatorilor spre o măiestrie desăvârșită a creat o popularitate enormă printre tinerii pianiști, dornici de apreciere. Cu o limită de vârstă și cu niște rigori drastice de acceptare în concurs, oricine se putea considera un norocos, care are șansa măcar să participe. Au existat ediții când premiul mare nu a fost câștigat de nimeni și totuși numărul de doritori nu a scăzut. Pe Madeleine, la început, aceste detalii nu o afectau, ea percepea doar un singur lucru, că trebuie să câștige. Spre finalul competiției, însă au început să o macine multe frământări și îndoieli.

După noaptea nedormită înainte de finală, ridicarea din pat era o tortură pentru Madie, nu a mai reușit să mănânce, și-a luat notele și a ieșit în grabă din hotel. În drum spre *Théâtre du Châtelet*, în loc să se relaxeze, așa cum făcea de obicei, grijile o copleșeau și gândea doar la consecințe. Odată ajunsă, l-a salutat pe dirijor, cu care cu o zi înainte a repetat, şi s-a retras în una din sălile rezervate participanţilor în concurs. În clipa când a fost invitată pe scena teatrului, inima parcă i-a intrat în pământ, deşi tot încerca să-şi păstreze calmul. A intrat în avanscenă, s-a închinat, s-a îndreptat spre pian şi tot încerca să înţeleagă de ce astăzi era cumva diferită de alte dăţi, parcă nu era ea însăşi, ci mai degrabă o creatură stranie şi neîndemânatică. S-a aşezat la pian: gânduri o mie, mâini transpirate şi reci, un gol în stomac şi o dezintegrare totală. Dirijorul i-a observat faţa palidă şi s-a îngrijorat, Madeleine l-a asigurat ca totul e bine, iar el a permis orchestrei să înceapă. În aşteptarea introducerii, Madeleine parcă a mai luat o gură de aer şi a lăsat muzica să o cuprindă. Toate parcă se aşezau la locul lor şi totuşi nu era aşa cum voia ea, dezinvolt şi spontan. Prea controlat, sugrumat, cu sfârşituri neclare şi mult prea serios pentru un concert de Mozart. Spre sfârşitul evoluării, Madeleine a cunoscut relaxarea, a finisat bine, aşa cum şi-a dorit. Tânăra a fost mândră de ea, până în momentul când a doua zi s-au anunţat câştigătorii. Nu a luat nici un loc.

Devastarea-i nu cunoştea hotare. Dezamăgită până la lacrimi, Madie nu-şi găsea locul. Alături de ea încercau să o liniştească şi părinţii, şi sora ei, însă fără nici un rezultat. Gustav, în disperata dorinţă de a o calma, găsi cele mai potrivite cuvinte care le-a spus vreodată:

– Contează până la urmă un lucru, draga mea, faptul că, indiferent de ce spun criticii, tu nu vei renunța la muzică. Fiindcă este o necesitate care-ți hrănește sufletul și zborul. Chiar dacă uneori vor fi obstacole și nereușite, în altă parte, decât înainte, nu va fi posibil. Iar noi te vom iubi în orice caz, pentru noi, tu ești o învingătoare.

Madeleine își cuprinse tatăl, însă tresări brusc și spuse agitat:

– Trebuie să vorbesc cu domnul Robichaux! Chiar acum!

– Madie, îngăduie, nu cred că e o idee bună, ești prea stresată, exclamă îngrijorată Eloise.

Tânăra, însă, nu mai auzea pe nimeni, a îmbrăcat paltonul și, fără să mai spună ceva, a plecat. A ieșit în plină stradă pariziană, spera să găsească o cabină telefonică. Căutarea i-a fost scurtă, căci chiar după colț a găsit o cabină, care, însă, era ocupată. În cele câteva minute de așteptare, Madie parcă, în sfârșit, a găsit timp să mediteze asupra celor întâmplate. „Cum e posibil faptul că nu am câștigat?”, se întrebă tânăra. „Oare nu am dat tot ce am avut? Adevărat că puteam mai bine... și totuși nu am câștigat...” Domnul care a ieșit din cabina telefonică, a rămas impresionat de frumusețea ei și a încercat să flirteze, dar fără succes. Madie, mult prea agitată pentru a privi în jur, a intrat repede în cabină, a luat receptorul, a introdus o monedă și a format numărul profesorului ei:

– Domnul Robichaux, am pierdut, a zis Madie printre sughițări și lacrimi. Am pierdut concursul!

– Liniștește-te, Madie, poți să pierzi cel mai mare concurs din viața ta și oricum să rămâi câștigătoare! a exclamat profesorul, păstrând un ton imperturbabil. – Lecția pe care ai însușit-o nu o va putea înlocui nici o medalie și nici o diplomă. În schimb, îți va fi călăuză toată viața și va fi un bun apropo pentru ego-ul tău. Nu poți fi întotdeauna pe locul întâi și va trebui să găsești gratitudine în puținul pe care l-ai obținut, deși pentru mulți ceea ce ai reușit, este deja extraordinar. Trebuie să știi cum e să pierzi, ca să înțelegi ce înseamnă să câștigi! Ambele au importanță majoră, cea din urmă însă este pilula amară, dar necesară, a acestei ecuații. Talentul și abilitățile tale vor fi apreciate în orice caz, din acest motiv această competiție, cu multiplele sale avantaje, este mai degrabă o victorie pentru tine.

Concursul este acea încercare care determină până unde îți este limita și cât ești dispus să faci ca să treci peste. Încercare nu doar pentru munca tehnică și artistică, ci și un exercițiu al minții. Sunt absolut sigur că data viitoare vei câștiga, trebuie doar să treci peste acest obstacol: „Dacă am să pierd". Câștigarea unui concurs nu este un rezultat, ci un proces. Acum, draga mea Madie, repejor ai șters lacrimile, ia o pauză de câteva săptămâni și din nou la muncă. În doi ani, vei avea o nouă șansă să-ți încerci puterile.

Aprilie 1965

– Premiul Întâi la Concursul Internaţional *Marguerite Long-Jacques Thibaud* din Paris, ediţia XXI, i se acordă domnişoarei Madeleine Montblanc!

În acompaniamentul unor aplauze răsunătoare, de această dată Madeleine a triumfat.

Capitolul VI

Tu eşti pianista franceză?

Iunie 2013

Se lăsase întunericul pe frumoasele străzi ale Tarbes-ului. Pe lângă Conservatorul *Henri Duparc* se plimbau cupluri de tineri, familii cu copii şi bătrâni. Unii savurau aerul de seară, iar alţii se bucurau de intimitatea întunericului şi nimeni nu-şi putea imagina că, chiar lângă ei, în sala mare a conservatorului, se întâmpla ceva deosebit.

— Doamna Montblanc, în viaţa unui muzician ce poate fi orânduit ca divină inspiraţie şi cum am putea să o folosim întru personalitatea noastră muzicală? – întrebă o altă studentă.

— Inspiraţia în sine este ceva abstract şi fără delimitări clare. Deşi există numeroase opinii despre cum ar trebui să ne inspirăm şi din ce, însă eu rămân adepta ideii că inspiraţia poate proveni din orice, poate apărea oricând şi oriunde, numai dorinţă să fie. Lumea care ne înconjoară este plină de frumuseţi palpabile şi impalpabile, dar care depind în totalitate de modul în care le percepem. Deseori devenim ignoranţi din motive ce îşi au importanţa lor, dar care ne răpesc posibilitatea de a ne inspira din natură. Spiritul artistic se ascunde în capacitatea de a vedea bogăţia nuanţelor, multitudinea de culori, numeroasele reliefuri, acolo unde nici nu s-ar presupune că există. Acolo unde omul de rând va trece pe lângă, artistul va găsi forme infinite de interpretare.

De asemenea, inspirația care ne modelează personalitatea, poate fi găsită în oameni. Cu cât mai diferiți vor fi față de noi, cu atât mai ușor realizăm că viziunile noastre nu sunt unicele corecte. Este o lume întreagă de viziuni, tradiții, tabieturi ce le contrazic pe ale noastre. Cunoașterea lor ne conferă perspectivă la ceea ce suntem și ce avem. Astfel, ajung la concluzia că cea mai bună, cea mai nobilă inspirație sunt experiențele pe care voi înșivă hotărâți să le trăiți. Pentru a vă hotărî, însă, trebuie totuși să riscați. Acolo unde se finisează linia zonei de confort, acolo încep descoperirile, acolo triumfă farmecul, fiorul, licărul.

Noiembrie 1965

După triumful de la Concursul Internațional *Long-Thibaud*, ofertele pentru turnee europene nu au ezitat să apară. Astfel, după o jumătate de an de la competiție, Madeleine era cu bagajul într-o mână și entuziasmul în cealaltă. După câteva recitaluri la Genova, Viena și Budapesta, Madeleine parcă se mai adaptase la condițiile rigide ale călătoriilor în tren și chiar avea plăcerea, uneori, să comunice cu străini care întotdeauna aveau câte o istorioară mai deocheată de povestit. Se mai întreba uneori, de ce nimeni dintre colegii de breaslă nu i-au spus cât de grea este viața de turneu, unde drumul îți devine prietenul cel mai bun, iar memorarea numelui fiecărui muzician întâlnit reprezintă o nouă provocare în viață. Desigur, nu uita de familie și nici de domnul Robichaux. Le mai trimitea câte o carte poștală din fiecare regiune pe care o vizita. Se regăsea adesea în gânduri despre viața muzicienilor și despre ce înseamnă a fi celebru. „Poate sunt și eu celebră deja", gândea Madie, dar numai cum îi venea această idee, fără să vrea, își amintea vorbele profesorului ei: „Ține-ți visurile departe sus, dar picioarele pe pământ".

Uniunea Sovietică era următoarea destinație, mai exact Moscova. „Va fi un deliciu să vizitez orașul", visa, exaltată, Madeleine. Toată lumea știa cât e de greu să treci cortina de fier, dar, datorită succesului ei mondial, rușii i-au deschis-o. Uniunea Sovietică era cunoscută pentru interesul deosebit față de tinerele talente din Europa. Probabil, pentru a compara standardele de performanță sau cine știe de ce. Madeleine avea puțin interes pentru o astfel de informație.

Odată ajunsă pe înzăpezitele meleaguri rusești, tânăra a fost întâmpinată fastuos, cu flori și multă agitație. Pentru Madeleine, însă, momentul de o adevărată fericire, a fost când a aflat că chiar din prima zi, va avea posibilitatea să viziteze locurile emblematice ale Moscovei. Entuziasmată mai ceva ca un copil, Madeleine a vizitat Galeria

Tretiakov, Kremlinul și frumoasele biserici moscovite.

***

Propunerea de a susține recitalul acompaniată de Orchestra Simfonică Studențească a Conservatorului din Moscova a fost acceptată instantaneu de pianistă. Era o plăcere pentru Madeleine să împartă scena cu muzicieni de vârsta sa, dar cea mai mare onoare a simțit-o când i s-a spus că va cânta pe scena Sălii Mari a Conservatorului *Piotr Ceaikovski*. Astfel, în acea seară, moscoviții au avut posibilitatea să se delecteze cu o muzică de calitate, în una din cele mai superbe săli din lume.

După ce căzuse cortina, iar aplauzele se transformaseră în vibrații ale liniștii, Madeleine își aduna notele și tot le mulțumea tuturor pentru complimentele oferite. Printre mulțimea dornică de a face cunoștință cu tânăra pianistă, erau și două violoniste, cu care Madie a găsit ușor limbă comună, deși nu cunoștea rusa. Ce-i drept, tinerele vorbeau franceza, cam stâlcit, dar inteligibil. Acest lucru a trezit curiozitatea tinerei, motiv pentru care întrebă:

– Vorbiți atât de elocvent în limba franceză, exageră ușor, din politețe, Madeleine, de ce atâta lume din țara dumneavoastră cunoaște franceza?

– Păi, este o limbă obligatorie în școală, suntem nevoiți să o învățăm, surâse violonista.

Apoi, după o scurtă ezitare continuă:

– Ai susținut un concert de excepție, Madeleine, a fost o plăcere să te acompaniem. Apropo, eu mă numesc Ania, iar ea e sora mea, Katia.

– Îmi pare bine să te cunoaștem, spuse Katia.

Madeleine a dat mâna cu talentatele violonistele și, zâmbind, zise:

– Și mie îmi pare bine să vă cunosc, aveți un oraș extraordinar de frumos, am avut o plăcere enormă să-l vizitez.

– Ce zici dacă îți propunem să îl cunoști mai îndeaproape? Astăzi e ziua de naștere a Katiei, iar tu vei fi invitata noastră specială.

Madeleine nu se aștepta la o asemenea invitație și nici nu știa ce să răspundă.

– Stai liniștită, că te ducem și te aducem noi acolo unde vei avea nevoie, dispunem și de un transport special pentru tine, Moskvici-ul lui Goșa trombonistul sau, mai bine-zis, al tatălui lui, Arkadii Viktorovici, profesorul de trombon, care i-a oferit mașina pe câteva zile. Așa că noi te asigurăm cu de toate, numai să accepți invitația noastră, îi răspunse Ania.

– Mă simt atât de onorată, spuse oarecum stingherită, Madie. Unde va avea loc serbarea?

– În căminul studențesc, zise, cu nonșalanță, Katia.

***

Căminul studenţesc, caracterizat printr-o simplitate mărginită cu sărăcie, nu era tocmai ceea ce îşi imagina tânăra, însă acest lucru nu a împiedicat-o să admire curăţenia din camera surorilor şi, nu în ultimul rând, masa festivă. Era plină cu diferite mezeluri, salate, mâncăruri pe care Madeleine nu le văzuse niciodată, nemaivorbind, să le guste.

În timp ce îşi căuta un loc la masă, Ania a ieşit în coridor şi a invitat colegii la festivitate. Iar Katia s-a aşezat lângă Madeleine şi a zis:

— Ştii, noi nu suntem tocmai moscovite, suntem din Krasnodar, dar, crede-mă, în doi ani te adaptezi repede şi devii mai moscovit ca cei de aici.

Madeleine a vrut să zică şi ea că nu e tocmai din Paris, însă a fost întreruptă de Ania şi încă de o duzină de tineri care veneau în urma ei. I-au cântat Katiei „*S dneom rojdenia!*" adică „La mulţi ani!" şi aşa s-a încins veselia. Toţi vorbeau între ei în rusă, mai făcea unul câte o glumă şi râdeau în hohote, apoi iar continuau discuţiile cu mult zel.

După vreo zece minute de privit prin părţi, de Madeleine s-a apropiat un tânăr care avea în mână o sticlă şi, privind-o insistent, îi spuse:

— *Riumku, riumku!*

Madie cu greu a înţeles că era vorba de un păhărel de pe masă chiar de lângă ea. I-a întins păhărelul, acesta i-a turnat pe jumătate şi i-a dat şi un castravete murat, „*zakuska*". „Ce mai înseamnă şi asta?", se întrebă Madie. Când a dat să bea, a observat că toţi o priveau cu mare atenţie. La început, s-a cam sfiit, apoi a înţeles că aşteptau să vadă ce va face. Astfel, cum stătea cu două obiecte în mână, s-a grăbit să scape măcar de unul şi a dat păhărelul peste cap. Primul lucru pe care l-a simţit a fost senzaţia de arsură în gât. În disperata încercare de a găsi ceva apă, castravetele s-a dovedit a fi mai aproape şi a mers la compromis. Madie, încreţită toată de la gustul acru al castravetelui şi a persistentei senzaţii de arsură, cu greu a reuşit să înţeleagă că toţi aplaudau într-o veselie, de parcă ceea ce a făcut a fost o mare realizare. A zâmbit timid, fiind sigură că pe azi, a cam finisat cu noile experienţe. Însă acelaşi tânăr i-a mai turnat o doză de elixir vulcanic. De această dată, Madeleine, cochet, a pus păhărelul pe masă, în timp ce ceilalţi continuau să bea şi să mănânce.

La un moment dat, Madie simţi cum camera se mişcă şi tot încerca să se concentreze. Între timp, în cealaltă parte de cameră, trombonistul Goşa a scos o chitară şi a început să cânte o baladă, în rusă. Melodia i-a liniştit pe toţi, iar, când au început să cânte pe două voci, tânăra nu putea să nu constate: „Pe cât de talentaţi sunt, probabil, pe atât de petrecăreţi".

În plină petrecere, de Madeleine s-a apropiat un tânăr drăguţ cu un pahar plin în mână, care părea unul în plus, după felul cum arăta.

– Tu eşti pianista franceză? întrebă studentul cu mare precauţie la accentul său franţuzesc. Ai susţinut un recital frumos, de aceea vreau să beau pentru sănătatea ta, căci la ruşi sănătatea e cea mai importantă. *Za vashe zdarovie!*

– Vă mulţumesc mult, răspunse tânăra şi ciocniră.

Madie puse la loc paharul, tânărul în schimb, l-a dat peste cap fără să clipească şi, în momentul următor, s-a apropiat de ea şi a cuprins-o. Madeleine, speriată şi iritată de atitudinea tânărului, a încercat să se rupă din braţele lui, însă el o ţinea strâns. Apoi, de parcă gestul precedent nu a fost suficient, tânărul a pus mâna pe genunchiul fetei. Asta a pus capăt la tot. Înfuriată peste măsură, fără a gândi mult, i-a tras o palmă de au răsunat pereţii. Acest lucru a atras atenţia tuturor, miraţi de cele întâmplate.

Madeleine s-a ridicat, a mulţumit surorilor, şi-a luat haina şi a dat să iasă pe uşă, când Ania a oprit-o, rugând-o să-i permită să o însoţească până la taxi.

În timp ce aşteptau taxi-ul, Ania a rupt liniştea:

– Să ştii că ne-ai făcut o favoare azi.

Madeleine o privi un pic mirată, fiind sigură că le-a stricat seara.

– Radik este cel mai popular dintre studenţii conservatorului. Cântă superb la trompetă şi mai toate fetele îl admiră. Eu, una, nu înţeleg de ce şi nici nu văd ce găsesc ele în curcanul ăsta, dar uite că până acum nu s-a găsit una care să-l refuze. Tu ești prima! A fost o plăcere să-i văd fața devastată! Așa că îți mulțumesc și n-o lua ca pe ceva personal, el e mai inocent decât pare, doar că are prea mult curaj. Stai liniștită, de azi, o să-și mai cântărească nivelul de charismă.

Madeleine se mai relaxă, mulțumi pentru seara frumoasă dar...diferită și urcă în taxi. În drum spre hotel nu putea să n-o încerce niște gânduri: „Oare această experiență mă va ajuta să-i înțeleg mai bine pe Prokofiev sau pe Șostakovici? Cine știe dar, cu siguranță, a fost o seară de pomină.

Capitolul VII

Erori, surprize și...umbrele

Iunie 2013

Seara învăluită de o atmosferă intimă prindea contur după fiecare întrebare, sfat sau opinie care denota sinceritate deplină și un interes sublim al pianistei, de a ajuta oamenii. Spectatorii nu căutau să contravină vorbelor doamnei Montblanc. Doar ascultau, fără nici o formă de ostilitate. Madeleine era fericită că a atras publicul de partea ei, astfel putea mai ușor să se exprime în muzică, în vorbe, în atitudini. Spectatorii erau deja prietenii ei.

În timp ce Madeleine savura atmosfera, o doamnă s-a ridicat ușor de pe scaun. Era o profesoară de flaut la conservator și, cu toate că era o femeie în toată legea, părea o copilă pentru pianistă.

– Doamna Montblanc, bine ați revenit la noi. Ne oferiți cele mai frumoase experiențe pe scenă și în afara ei. Aș vrea, în mod special pentru tinerii noștri, să îi sfătuiți cum să se descurce atunci când un concert nu a decurs după cum a fost planificat și cum ar trebui să abordeze micile sau chiar marile surprize, uneori inevitabile, din viața unui artist.

– În realitate surprizele neplanificate ne deranjează mai mult pe noi înșine decât pe cei din jur, dar dacă ne lăsăm afectați, atunci și pe ceilalți, inevitabil, îi vor supăra. Adesea, pe cei prezenți la un concert, nu îi va deranja o notă luată fals, dar toți vor observa cât de deranjați sunteți de incident. Astfel, o singură eroare într-un întreg proces concertistic e ca o linie trasată greșit pe o pictură superbă, pe care nimeni nu o va observa, doar dacă dumneavoastră o să insistați. Soluția ar fi să nu vă agitați de la ceea nu a mers bine, în schimb, încercați să scoateți ce e mai bun din acea situație.

Valoarea unui om nu poate fi apreciată după un singur moment de nereușită. Esența umană poate fi înțeleasă doar din perspectiva unei multitudini de acțiuni. Fiți mai toleranți cu voi înșivă, nu lăsați propria critică să diminueze din importanța muncii depuse. Căci, a fi capabil să cânți la un instrument muzical cere o muncă titanică și nu e nevoie să vă sabotați întreaga experiență prin obsedarea asupra unor detalii minuscule. A greși, e cel mai natural lucru vreodată, a fi perfect – nu e. Copiii greșesc zilnic, dar acest lucru nu îi determină să renunțe, altfel, nimeni nu ar fi capabil să meargă sau să scrie. Însă cel mai important lucru ce necesită susținere și protejare este dorința de a cânta, entuziasmul, plăcerea de a împărtăși fiorul muzicii cu alții. Chiar și atunci când sunteți extenuați și nu mai aveți puteri, oricum să tânjiți să cântați, să simțiți, să trăiți muzica.

Martie 1966

Spre finalul turneului european, Madeleine urma să participe în cadrul Festivalului dedicat compozitorilor polonezi, un eveniment organizat de Filarmonica din Varşovia. Iar Madeleine urma să încheie săptămâna festivă cu un recital dedicat marelui Frederik Chopin.

În dimineața zilei de repetiție, Madeleine, ca de obicei, pasionată de tot ce este nou, nu a pierdut ocazia să admire clădirea Filarmonicii *Narodowa*, în special, coloanele care inspirau grandoare şi nobleţe. A citit câteva afişe din care nu a înțeles nimic, a salutat muzicienii şi directorul Filarmonicii care veneau la repetiție.

După câteva fraze de politeţe, directorul, exaltat de prezenţa pianistei, zise într-o franceză cultivată:

– Vă doresc mult succes pentru ziua de mâine, domnişoară Madeleine, şi să nu cumva să uitaţi că sunteţi invitată la banchetul organizat în cinstea participanţilor la festival. Prezenţa dumneavoastră este obligatorie, după cum vă daţi bine seama.

– Sunteţi foarte amabil, domnule director, fiţi pe pace că nu am să pierd banchetul pentru nimic în lume. Va fi o mare plăcere pentru mine, răspunse Madeleine cu multă inspiraţie.

– Bine, atunci să mergem să vă prezint colectivului nostru, spuse directorul în timp ce arăta spre sala de concert.

A făcut cunoştinţă apoi cu dirijorul, domnul Wierzbowski şi orchestra Filarmonicii. După o repetiţie reuşită, dirijorul şi Madeleine au mulţumit şi le-au dorit succes tuturor pentru concertul de mâine. În sfârşit, de această dată se poate relaxa şi nu va fi nevoie să se agite, totul va fi perfect, gândea în sinea ei Madie.

A doua zi, era deja în camera de machiaj, asta se întâmpla, de obicei, cam cu două ore înainte de recital. Madeleine stătea rezemată de pian şi analiza intrările sale, când cineva a bătut la uşă. Era directorul filarmonicii, care aduse o veste neaşteptată:

– Dirijorul principal al orchestrei tocmai a aflat că domnul Wierzbowski a suferit un accident. Cel mai probabil, astăzi nu va putea dirija acest concert.

La auzul acestor cuvinte, Madie s-a indispus de-a binelea . Era mult prea responsabilă şi corectă, ca să permită aşa ceva, iar când îşi aminti că mai sunt doar câteva minute până la începutul concertului, disperarea i-a cuprins tot sufletul. Se mai adună cu firea doar când a fost anunţat numele ei. Atunci, pianista îşi luase inima în dinţi şi păşi spre scenă. Între timp, organizatorii festivalului îi promiteau că vor face tot posibilul ca recitalul să se desfăşoare aşa cum a fost planificat.

– A fost contactat un alt dirijor, domnişoară Montblanc, va sosi din clipă în clipă, fiţi liniştită, o asigură directorul filarmonicii.

Madie a intrat în avanscenă și a privit lung spre mulțimea din sală. Fascinația creată de la furoarea aplauzelor a ajutat-o să mai uite de agitația din culise. Chiar dacă orchestra era lângă ea, în așteptare, pentru început, Madeleine urma să interpreteze *Fantezia Impromptu* de Chopin, o lucrare solo, ceea ce îi va da răgaz dirijorului înlocuitor. Într-o manieră elegantă specifică doar ei, Madie a luat loc pe banchetă, în fața unui *Blüthner*. A rămas în liniște timp de câteva secunde, pentru a se acomoda cu atmosfera sălii. Apoi, s-a adâncit în octava prelungită din *Fantezie*, s-a lăsat ușor cucerită de sextoletele care își urmau cursul și tot așa până când cele cinci minute, cât dura această superbă piesă, au expirat. La finele lucrării, publicul s-a desfătat cu fiecare notă din acel ultim acord arpeggiat. Când Madeleine s-a trezit din reverie, și-a amintit și de situația neplăcută din culise. Totuși, aplauzele și florile primite au reușit să-i păstreze calmul.

Când s-a făcut din nou liniște și Madie s-a reașezat la pian, toți așteptau cu nerăbdare să apară dirijorul. Următoarele minute au însemnat, pentru tânăra pianistă, o bună posibilitate de a-și imagina dezastrul ce se puteau întâmpla: de la o penibilitate minoră, până la aruncarea roșiilor stricate. Desigur, Madeleine era conștientă că imaginația ei exagera și totuși, ea era cea care trebuia să manevreze situația. Cum era într-o stare tensionată, Madie s-a gândit să mai cânte ceva solo, poate o nocturnă sau un vals. Astfel, fără să privească spre public, a ridicat uşor mâinile, dar când a dat să înceapă nocturna, un nou val de aplauze au înţepenit-o. A intrat dirijorul în scenă.

Deşi era un dirijor cu mult mai tânăr decât cel precedent, era totuşi un dirijor, deci însemna că seara încă poate fi salvată. Madie a respirat adânc, s-a adunat cu firea, în timp ce dirijorul se apropia încet de pupitrul dirijoral. Membrii orchestrei s-au ridicat, salutându-l, şi au luat loc sub bagheta dirijorală, apoi acesta s-a apropiat de solistă şi i-a dat mâna. Tânăra i-a întins mâna, din obişnuinţă, dar fără să-i atragă prea multă atenţie, fiind prea frustrată de situaţie. Însă, când mâinile lor s-au atins, Madie a simţit o căldură atât de plăcută, încât fără să vrea şi-a amintit de mâinile ei veşnic reci şi un pic transpirate, o incomoditate încă din copilărie, dar care nu a afectat-o până acum. În acel moment a simţit nevoia să-l privească. A ridicat ochii spre dirijor şi a încremenit, surprinsă de frumuseţea ochilor şi a întregii sale prezenţe. S-a trezit subit la realitate sub presiunea ochilor din jur, şi-a retras repede mâna şi a început să se pregătească mental pentru ceea ce urma să interpreteze, *Concertul nr.1* de Chopin. Dirijorul, în schimb, nu a arătat nici un semn de disconfort faţă de reacţia pianistei şi nici de faptul că urma să dirijeze un concert alături de o pianistă străină, cu care nu a repetat nici o dată.

Era brunet, cu trăsături tipice unui cuceritor de inimi şi, desigur, nici nu se sinchisea să le accentueze cu ajutorul zâmbetului său radiant. Madeleine observă şi fracul bine-croit, şi postura de gladiator. „Nici nu ştiu cum îl cheamă!", îşi spuse tânăra, încercând să se distragă de la gândurile agasante. „Şi prezentatoarea, din neştiinţă, l-a numit ca pe vechiul dirijor."

Mister X a ridicat bagheta, orchestra era gata de acţiune. Apoi a privit spre pianistă şi au dat ambii din cap, de comun acord pentru a începe. Astfel, muzica chopiniană şi-a luat avânt în sala de concert a Filarmonicii *Narodowa* din Varşovia. Introducerea orchestrală a concertului era destul de lungă, timp în care Madeleine asculta cum fiecare temă se revărsa în alta. Deodată, a simţit ceva ciudat şi a ridicat capul. Ca să observe cum dirijorul, în timp ce-şi exersa meseria, a găsit timp şi capacitatea să o admire. „Acum?! În mijloc de concert a hotărât să flirteze?! Un timp mai potrivit nici să găseşti! Cum de reuşeşte?", se întreba tânăra. Ca răspuns, Madeleine i-a aruncat nişte priviri ascuţite cu un clar sens de dezaprobare. Mister X, spre mirarea ei, a zâmbit şi i-a dat din ochi. „Cât tupeu au unii, la drept vorbind!" Atunci, pianista a hotărât să ignore totul şi să se lase în mrejele muzicii, tocmai când urma intrarea ei.

Pe parcursul întregii interpretări a Concertului, colaborarea lor muzicală s-a dovedit a fi una de excepţie, astfel încât, ovaţiile şi numeroasele buchete de flori au întrecut toate aşteptările. Până şi directorul filarmonicii, în deplină exaltare, a ieşit în scenă, a dat mâna cu dirijorul „fără nume", a sărutat mâinile tinerei pianiste şi a exprimat recunoştinţă pentru duetul care a salvat seara.

Madeleine, chiar dacă a fost întreruptă de prezenţa directorului în scenă, nu a zăbovit şi i-a înmânat cel mai frumos buchet primei viori, le-a mulţumit tuturor, s-a închinat din nou în faţa spectatorilor şi cu un pas grăbit a ieşit din scenă. În culise, a lăsat restul florilor pentru toate doamnele care lucrează la filarmonică. Spera să le bucure inimile. Fugea, fugea de ceva şi nu înţelegea de ce, dar căuta cu disperare să plece şi să nu intre în contact cu nimeni.

**

Era seara târziu când pianista aştepta de una singură taxiul care urma să o ducă până la hotel. Ploua, era o vreme rece, de început de primăvară. Madeleine asculta cu plăcere cum picăturile ploii loveau în umbrelă şi puţin câte puţin, lăsa uitării evenimentele întâmplate anterior. Dintr-odată, cineva din spate îi striga numele cu fervoare. Madeleine s-a întors din reflex, ca sa-l vadă pe Mister X care îi dădea din mână şi zâmbea fericit. Întregul corp i-a fost cuprins de panică. Nu ştia ce să facă, taxiul nu venea, a privit în dreapta, în stânga, în speranţa că poate nu pe ea o strigă. Poate mai este o Madeleine în jur, în afară de ea, dar la aşa o oră târzie pe străzile Varşoviei nu era nici ţipenie de om, nemaivorbind de o altă Madeleine. Astfel, când a revenit cu privirea, dirijorul era deja sub aceeaşi umbrelă. Mister X a observat nedumerirea şi completa dezorientare de pe faţa tinerei şi, zâmbind, a zis:

– Îmi pare rău, dar mi-am uitat umbrela, sper că nu e un deranj dacă o împart pe aceasta cu dumneavoastră? Am fost chemat de urgenţă să înlocuiesc un dirijor şi nu am reuşit să o iau pe a mea.

Madeleine nu răspunse nimic, doar îl privea surprinsă. În schimb, Mister X mai avea ceva de spus:

– Mă numesc Miroslaw... Miroslaw Szymanski, îi întinse mâna ca şi cum pentru prima dată.

– Eu mă numesc Ma...

– Ştiu cine sunteţi, domnişoară Madeleine, dacă îmi permiteţi să vă numesc aşa. Numele deja vă precedă. Mă simt atât de onorat să vă cunosc, deşi simt de parcă am fi împărţit o întreagă istorie împreună...

Madie a zâmbit, a plecat ochii, iar, deja cunoscutul Mister X, nu a scăpat oportunitatea să-i sărute mâna. Era un simplu gest de curtoazie, dar care a făcut-o pe Madie să simtă pe obrajii ei întreaga paletă a culorii roşii. Sărutul s-a primit prea intim şi lung pentru ea şi cu atâta căldură, încât a simţit-o până în vârful degetelor. „Probabil există o mulţime de forme de a săruta mâna unei femei", gândi Madeleine, dar „pe aceasta, sigur, nu am experimentat-o". Când i-a lăsat mâna, privirile lor s-au intersectat.

Formula alchimică dintre intimidarea creată din apropierea lui sub streaşina unei umbrele şi intensitatea privirii ţintite doar asupra ei, o ţineau într-o completă stare de hipnoză. Madeleine nu se putea mişca deloc, încremenită în exterior, dar totodată copleşită în interior. Vraja putea să continue o veşnicie, după cum i se părea ei, dar farmecul s-a rupt sub luminile automobilului care venea în direcţia lor.

Miroslaw îi deschise lejer portiera, în timp ce Madie îşi închidea umbrela, doar atunci el i-a observat gâtul frumos, dar dezgolit. Îşi scoase iute fularul, îi înfăşură gâtul, apropiindu-se şi mai mult, şi îi şopti: „Ai grijă să nu răceşti".

Capitolul VIII

Rapsodii în romantism I

Iunie 2013

    – Prin ce se deosebeşte un mare pianist, de unul mediocru? întrebă un tânăr care, după atitudinea sa arogantă, era clar că se vedea în primul grup.

    – Nu sunt de acord cu modul în care aţi formulat întrebarea, pentru că pare mai mult o formă de confirmare a elitismului între muzicieni decât o aspiraţie spre un progres artistic. Totuşi, am să încerc să vă ofer un răspuns adecvat. Calitatea este înscrisă în instinctul nostru uman – să fim mai buni, să evoluăm, să cunoaştem şi, în esenţă, calitatea înseamnă evoluţie. Ai realizat astăzi o interpretare calitativă, foarte bine, înaintezi la următorul pas şi tot aşa. Însă, după ce a fost realizată calitatea, apare diferenţa, care se ascunde în detalii.

    Chiar dacă repertoriul pianistic este unul vast, acesta cu siguranţă îşi are limitele sale. Plus, nu tot din ceea ce este compus poate fi sau ar trebui interpretat. Astfel, rămânem cu ceea ce merită să vadă lumina zilei şi care şi-a câştigat acest merit în timp. De asemenea, ne ghidăm şi de popularitatea pieselor, curentul muzical, dar ţinem cont şi de gustul personal. Ceea ce rezultă este că noi, pianiştii, adesea, includem în repertoriul personal cam aceleaşi lucrări muzicale. Din acest motiv, publicul are acces la o liberă comparaţie a interpretărilor, a stilului, a tehnicii noastre, de unde şi apar aceste ierarhizări ale competenţelor pianistice. Aici intervin detaliile.

Lucrarea va rămâne aceeaşi întotdeauna, precum o coală de hârtie. În schimb, detaliile vor fi ceea ce scrieţi pe ea, acele şlefuiri care fac ca diamantul să strălucească. Cu cât mai multe detalii personalizate adaugă un pianist în interpretarea sa, cu cât mai multă atenţie dă fiecărei note, fără a deforma lucrarea, pe atât devine un artist de o înaltă calitate. Precum gustul apei se îmbunătăţeşte, după ce a fost îmbogăţită cu minerale aşa şi muzica va căpăta o nouă culoare datorită individualităţii voastre. Desigur, eu descriu acum doar relaţia dintre muzică şi pianist şi nu includ celelalte componente în personalitatea unui artist de concert precum prestaţia scenică, echilibrul tonal, charisma, rezistenţa fizică şi psihică, etc.

Totuşi, în opinia mea, a fi tu însuţi este cel mai însemnat detaliu în orice formă a artei. Din experienţă ştiu – publicul va fi mai îngăduitor, gata să ierte orice, numai dacă eşti sincer.

Martie 1966

„Cum adică să nu răcesc?! Sunt eu o şcolăriţă, pe care el trebuie s-o protejeze? La câte concursuri am câştigat se putea şi un comportament mai matur!", răbufnea în sine Madeleine, în timp ce se pregătea pentru banchet.

Era foarte iscusită în ale frumuseţii, calitate învăţată de la mama ei. Aceasta întotdeauna le amintea fiicelor sale că femeia trebuie singură să poată să-şi facă şi manichiură, şi coafură, şi să-şi aleagă o haină cu gust. „Fetelor, frumuseţea e o obişnuinţă. Dacă e practicată zilnic devine un stil de viaţă şi un atu în viaţa unei femei." Astfel, în timp ce Madie îşi evidenţia frumuseţea naturală cu ajutorul unor secrete feminine, dar nemulţumită că nu a fost apreciată ca o femeie matură, i-a venit ceva năstruşnic în minte.

A căutat vertiginos prin valizele sale până a găsit Rochia. Roşie, până la genunchi, strălucitoare şi cu decolteu, era rochia pe care Madeleine nu s-ar fi încumetat să o poarte vreodată. A fost considerată mult prea îndrăzneaţă, dar care a luat-o pentru orice eventualitate, în caz de se uzează una din rochiile sale de concert. Acum i-a venit rândul.

***

La amurg, Madie era la intrarea în restaurant. Şi-a lăsat paltonul la recepţie şi deodată, a început să regrete alegerea făcută: a simţit întreaga goliciune a fizicului ei. Avea senzaţia că toţi o priveau și numaidecât o judecau în cele mai urâte moduri. Era o seară superbă, cu multă lume elegantă în jur, iar Madeleine se părea că nu se încadrează și nici nu știa cum să o facă, într-o astfel de rochie. „Unde sunt rochiile mele negre, în care mă simt atât de bine, unde mi-a fost capul? Și pantofii ăștia roșii îmi sugrumă fiecare deget...”. Madie ar fi continuat văicăreala la nesfârșit, dacă nu l-ar fi observat pe Miroslaw apropiindu-se și a simțit cum i se taie respirația.

Dirijorul, odată ajuns lângă ea, i-a sărutat mâna, dar de această dată, cât se poate de scurt și nepretențios.

– Nu încetați să mă frapați, domnișoară Madeleine! Suntem cu toții norocoși să vă avem, în astă seară, ca invitată.

– Credeți-mă, domnule Szymanski, și eu, la rândul meu, mă simt la fel de onorată, răspunse tandru Madeleine.

– Vă rog, domnișoară Madeleine, numele meu este Miroslaw și ar fi o plăcere pentru mine să aud cum îmi rostiți numele.

– Fie, atunci și eu aș vrea să mă numiți Madeleine, răspunse tânăra.

– Bine, Madeleine, acum vino, luându-i mâna sub braț, hai să facem cunoștință cu toată lumea.

S-a dovedit a fi o seară de excepție pentru frumoasa pianistă, s-a simțit ca acasă, în compania celor mai proeminenți muzicieni ai Poloniei. Poate datorită dirijorului sau poate că a realizat, în sfârşit, cum e să ai libertatea de a fi tu însuţi. Ce mai, era artista care a salvat concertul, era admirată, curtată şi apreciată.

Spre sfârşitul serii, Miroslaw devenise agitat şi nerăbdător. Madie a observat această schimbare de comportament şi a hotărât să-l tachineze un pic, printr-o tărăgănare a conversaţiilor de rămas-bun. Tânărul, descifrându-i uşor jocul, nu s-a lăsat influenţat de atitudinea ei, s-a apropiat de Madeleine, a luat-o de mână şi le-a spus tuturor că dacă ea se mai reţine, va pierde trenul. Astfel, în clipele următoare erau deja în plină stradă varşoviană.

– De unde atâta grabă, Miroslaw? Trenul meu pleacă abia mâine, ai hotărât să minţi o lume întreagă, doar ca sa mă poţi scoate afară? întrebă Madie, ridicându-şi gulerele paltonului.

– Am un plan de realizat, Madeleine, şi insist să-l finisez astăzi, cu permisiune dumitale, desigur, zâmbi el cochet.

Madeleine a preferat să nu răspundă şi se lăsă condusă spre un taxi, care deja era în aşteptarea lor.

Odată ajunşi la locaţia misterioasă, în faţa lor s-au întins nişte scări de-a lungul unei clădiri, aparent, simple. Însă, o privire mai atentă demonstra o sofisticare aristocrată. Deşi era noaptea târziu, felinarele formau un lanţ continuu de lumini ce permiteau, cu uşurinţă, admirarea întregii zone. Miroslaw plin de entuziasm și probabil, mândrie patriotică, i-a oferit mâna tinerei pentru a o conduce în interiorul clădirii. În curând, s-a făcut observabilă și inscripția de pe fațadă: *Muzeum Fryderyka Chopina.* Când Madeleine a realizat unde se aflau, expresia feței s-a schimbat dintr-o simplă curiozitate în surprinderea și nerăbdarea unui copil. Acest moment i s-a întipărit bine lui Miroslaw, care era doar cu ochii pe ea. Desigur, atunci au apărut și o mulțime de întrebări, la care dirijorul a răspuns cu plăcere:

– Un bun prieten de-al meu lucrează în acest muzeu. Ne-a permis să-l vizităm la o oră așa de târzie, doar dacă suntem cuminți și nu stricăm nimic, spuse Miroslaw zâmbind ștrengărește.

Copleșită de emoții, Madeleine rosti doar un „mulțumesc" aproape șoptit, în timp ce totul în jur îi fura privirea.

În interiorul muzeului, prietenul lui Miroslaw îi aștepta deja. Îi salută respectuos și îi conduse într-o sală de muzeu, cu un pian ca piesă centrală, printre toate exponatele prezentate. Schimbă niște priviri cu domnul Szymanski, se scuză și ieși.

Miroslaw o conduse pe Madeleine către pian și spuse:

– Ce zici dacă astăzi ai avea posibilitatea să cânți la ultimul pian al lui Frederik Chopin? Ai risca?

– Absolut! exclamă tânăra.

– Atunci încearcă, o susținu tânărul, arătând spre pian.

– Ești sigur că se poate? îl privi îngrijorată pianista.

– Cu drag, Madeleine,cu mare drag.

Tânără luă loc și ca un copil ce a descoperit o comoară ascunsă, se lumină la față când a văzut claviatura. A cântat o notă, foarte atent, pe urmă încă una și încă una și apoi un studiu, o nocturnă, un fragment de concert. Era fericită, atât de încântată și totul era grație lui și ... acestui pian, pianul lui Chopin.

Când finisă cântarea, se ridică și îl cuprinse atât de strâns, încât nici el nu se aștepă, dar bucuros îi răspunse la gest.

– Îți mulțumesc, îți mulțumesc atât de mult, este cea mai frumoasă zi din viața mea!

- Oh, Madie, ai un talent excepțional de a preface lucruri simple în ceva cu totul și cu totul deosebit, ai darul de a inspira prin sinceritate și de a cuceri tot ce întâlnești în calea ta, în special, inima mea. Vino, această seară încă nu a luat sfârșit, următoarea destinație e parcul Palatului Lazenski.

***

Două umbre, doi tineri îndrăgostiți, se plimbau agale prin grădinile Palatului Lazenski, de parcă noaptea nu mai avea sfârșit, iar luna, în cer, urma să devină soare.

Capitolul IX

Rapsodii în romantism II

Iunie 2013

– Şi dacă suntem complet sinceri şi tot nu ajungem acolo unde ne-am propus? continuă acelaşi tânăr care de data aceasta părea că a descoperit ceva nou pentru el. Poate există nişte obstacole de care nici nu ne dăm seama?

– Obstacole pot fi diferite, externe, interne, dar dacă e să mergem pe principiul rezolvării lor, atunci indubitabil, obstacolul intern ocupă, după merit, locul de frunte. Cu alte cuvinte, noi înşine ne suntem inamici şi ne punem piedici, fie conştient, fie inconştient. Adesea mă întreb de ce unii oameni aleg să trăiască în frică sau se lasă pradă unor pseudovalori. Frica se naşte din înstrăinarea de sine şi indiferent câtă energie se va irosi în a ne convinge inversul, o părticică din noi întotdeauna va şti.

Să priveşti în oglindă şi să vezi dorinţele tatei, visurile mamei, cerinţele profesorului şi să nu te vezi pe tine. Ce poate fi mai trist? Lăsă o pauză pentru ca să se aşeze bine cuvintele ei, apoi continuă:

– Societatea îşi are rolul său în viaţa noastră, dar va avea perpetua menire de a adapta omul la structura sa. De aceea, uneori nu e vina noastră că avem niște convingeri destructive. Adesea suntem educați într-o astfel de manieră de cei mai mari și aparent mai deștepți ca noi. Iar aici, aș vrea să atrag atenția profesorilor din sală.

Este dificil să privim prin prisma propriilor convingeri, pentru a vedea adevărata esență a studentului. Un profesor înțelept își va adapta sau uneori chiar va ignora propriile viziuni pentru a încuraja formarea unor viziuni personalizate ale învățăcelului său. Presupun că este dificil, a fost greu și pentru mine la începuturile carierei mele de profesor. Însă, să răstorni propriul sistem de valori și să ridici altele noi, proaspete, poate ușor iraționale, ține totuși de curaj. Renunțarea la ego-ul personal pentru clădirea unei individualități originale și unice, în imaginea studentului său, este cea mai înaltă distincție a unui profesor.

Decembrie 1966

De la prima atingere de Miro, întreaga percepție a vieții tinerei Madeleine s-a schimbat. De la gândul primului lor sărut, inima bătea mai tare, iar de la ultima lor îmbrățișare o treceau fiori. Fiori plăcuți, neașteptat de plăcuți, astfel încât, din moment ce a revenit la Paris, tot mai mult își petrecea timpul lângă fereastră, contemplând agitaţia de afară, unde se lăsa răpită de vise, amintiri, imagini în mii de culori.

De prima ei dragoste, pianul, Madie nu a uitat, exersa ca de obicei, doar că devenise ceva mai indulgentă cu sine, când nu-i reuşea ceva. După ce a finisat turneul său european, din Paris nu a mai plecat. Ce era să caute în Tarbes? Închiriase o casă în suburbia Parisului, alături de Geneviève, deşi la început nu intenţiona să treacă deseori pe la ea. Doar de dragul părinţilor, a hotărât să facă un efort de a se apropia de sora ei.

În seara când Madeleine venise în vizită, Geneviève a observat schimbarea chiar din momentul când a păşit pragul casei. Deşi ei dintotdeauna i s-a părut că Madeleine era mult prea idealistă pentru timpurile pe care le trăiau, a învăţat, încă din copilărie, să nu se obosească să-i înţeleagă acţiunile. Totuşi, de data aceasta, intuiţia îi spunea că ceva sau cineva era la mijloc. Madeleine se scăpă cu vorba că a cunoscut pe cineva la Varşovia, dar mai mult decât atât nu a spus. Pentru Geneviève erau de ajuns aceste vorbe, ca să înţeleagă că sora ei mai mică s-a îndrăgostit.

„E atât de frumos să fii îndrăgostit", îşi amintea Geneviève cum şi ea, la rândul său, s-a îndrăgostit de soţul ei. Erau tineri, prea înflăcăraţi şi dădeau prea multă importanţă la nimicuri. Acum, după câţiva ani de căsnicie, locuiau lângă Paris, aveau deja doi copii, ambii lucrau, ea în orchestra simfonică, el ca inginer. Şi, chiar dacă, uneori, dificultățile le mai curmau din fericire, Geneviève se considera o femeie fericită. Madeleine, în opinia ei, se poziționa diametral opus față de legile nescrise ale obligațiunilor unei femei a anilor '60. Nu avea prieteni decât pianul, prefera singurătatea și deși, Geneviève era foarte bucuroasă de succesul ei pianistic, nu putea înțelege singurătatea ei, nemaivorbind de mariaj și copii. „Cum poți găsi un soț dacă nu comunici cu nimeni?", gândea adesea tânăra, dar uite că totuși s-a găsit un cineva. Acum Geneviève spera că această nouă prezență în viața surorii sale, o va pune pe calea cea dreaptă.

***

Astăzi Madie mai primise o scrisoare de la iubitul ei. Lui Miroslaw îi plăcea să scrie iubitei și mai ales despre dragostea lui pentru ea. Vorbeau și la telefon, dar așa prea puține aveau a-și spune. Astfel, Madeleine primea săptămânal scrisori, scrisori lungi, sincere, intense, visătoare, precum un poet care își elogia iubirea. Scrisoarea de azi era mai scurtă, dar cu mult mai importantă ca celelalte:

„Dragă mea Madeleine, floarea mea de mai, firicelul meu de soare, îmi e atât de dor. Mi-e dor de prezența ta, de flerul tău, de cântarea ta... Adesea îmi amintesc de imaginea celor doi îndrăgostiți în cafenea din filmul *Les parapluies de Cherbourg*. Cum își cântă tema dragostei cu atâta ardoare și sinceritate, încât fără să vreau, contemplez imaginea noastră într-un asemenea anturaj și într-o astfel de atmosferă, glăsuind iubirea noastră. Doar cu un final fericit, desigur.

De când eram copil, am observat că, înainte de a adormi, aud muzică. Muzică diferită, de la clasică la estradă, însă acum aud doar *Concertul nr.1* de Chopin, în interpretarea ta. Aud cum aluneci pe fiecare notă, cum căldura sunetului încălzeşte până şi cea mai rece inimă şi cum melodia uşor mă duce în cea mai frumoasă visare.

Ştii, odată un prieten mă întrebase: „Ce este fericirea pentru tine?", iar eu, fără să mă gândesc, i-am răspuns: „Fericirea poate fi şi un simplu salut, contează doar cui îi aparţine..." Vreau să-mi adresezi doar un salut, Madie, şi voi fi cel mai fericit bărbat din lumea asta. Caut ziua când ne vom revedea şi cred că va fi în curând.

Din cele scrise de tine anterior, m-am bucurat să aflu de succesul care îl ai acum la Paris, sunt norocoşi cei care au avut ocazia să te vadă cum cânţi. Meriţi toate aplauzele din lume, Madie. Eu, la rândul meu, sunt bine, am susţinut recent nişte concerte, a fost o experienţă inedită, să dirijez pentru prima dată muzică expresionistă, iar la acest concert a fost şi domnul Mercier, dirijor al Orchestrei *Philharmonique de l'ORTF,* cu care am intrat într-o discuţie profesională. Aşa am aflat că dumnealui i-a plăcut cum l-am dirijat pe Berg şi a venit cu o propunere. Ce zici dacă vin în vizită în primăvară?

Sunt în așteptare de vești mai concrete și de reacția ta în formă scrisă sau la telefon. Îți mulțumesc că ai apărut în viața mea, Madie, abia aștept să te revăd.

Cu drag, Miroslaw

21 decembrie 1966"

Madeleine, lăsând scrisoarea, începu să sară de bucurie. Acum era rândul ei să-i arate Parisul. Voia să-i ofere o experiență pariziană cât mai reușită. Avea câteva idei: unde și cum ar putea să le realizeze. „Doar să dispună de timp, gândi tânăra, de restul mă ocup eu."

Aprilie 1967

În dimineața ceea aveau motiv de celebrare, concertul simfonic din seara trecută a fost un succes, iar munca și tehnica dirijorală a lui Miroslaw, au cunoscut apreciere printre criticii parizieni. Iar Madeleinei i-a făcut plăcere că de această dată era pe cealaltă parte a „baricadei", în rândul spectatorilor și chiar era foarte mândră de prietenul ei polonez, precum îl numeau cunoscuții ei.

Madeleine mult timp s-a gândit cum ar putea să-l uimească pe Miroslaw cu vreo locație originală, dar pentru că și ea nu era de pe loc, altceva decât *La tour Eiffel* nu a zămislit. Totuși, nu era tocmai în zona turnului, ci pe cealaltă parte a Senei, acolo unde erau așternute *Jardins du Trocadéro*, cu spectaculoasele *Fontaine Varsovie* aflate lângă *Palais de Chaillot*. Toate uneau atâtea momente personale în relația lor. Pentru Miroslaw, oriunde era bine, doar să fie alături de Madie. Totuși, *Fontaine Varsovie* i-au plăcut foarte mult și nu a ezitat să-și laude iubita. Madeleine, satisfăcută că nu a dat greș, a venit cu propunerea să o ia pe o stradă alăturată, poate dau de vreo cafenea asemănătoare cu cea din *Les parapluies*.

Strada li s-a părut cam aglomerată, multă lume grăbită trecea pe lângă ei, dar acest lucru nu i-a impus cumva să mărească pasul, din contra, mersul lor, relaxat și visător, amintea plimbările de seară pe lângă litoralul mării. La un moment dat, în timp ce ambii se țineau lejer de mână, admirând arhitectura din jur, Miroslaw rosti ceva ce părea a fi cea mai firească vorbă:

– Madie, ce zici dacă tu vei fi soția mea? Și mai mult decât atât, eu voi fi soțul tău?

– Eu voi fi soția ta, doar dacă tu vei fi soțul meu, zâmbi Madie, luând în glumă cuvintele lui.

- Nu, iubirea mea, Miro își schimbă dintr-odată tonul, o opri din mers, fixă privirea asupra ei și spuse: vorbesc cât se poate de serios. Te vreau soția mea și gata.

Propunerea neașteptată o bulversă pe tânără, și cum erau în mijlocul mulțimii, simți cum timpul încetinește și chiar stă în loc doar pentru ei. Erau doar ei în toată lumea, două emisfere diferite, ei doi aici, iar ceilalți – dincolo.

– Eu ... eu niciodată nu m-am gândit la căsătorie, răspunse emoționată tânăra, parcă în sinea ei.

– Acum ar fi cel mai potrivit moment să te gândești, căci vreau un răspuns concret, mai devreme sau mai târziu, îi spuse zâmbind Miroslaw.

Madeleine parcă se trezi din amorțeală, se regăsi în spațiu și timp, apoi sări în brațele tânărului și zise:

– Da, desigur că da, este tot ce îmi doresc, o viață întreagă alături de tine.

– Te iubesc, Madie...

– Și eu te iubesc, Miro...

Capitolul X

Îngerii cântau la trâmbiţe, muzele, în frunte cu Euterpe, dansau hora, Mendelssohn cânta la pian, Wagner dirija. În ceruri era mare sărbătoare.

Iunie 2013

Următoarea întrebare, a fost lansată de una dintre studentele care a cântat pentru invitată, la începutul serii:

– Doamnă Montblanc, consideraţi critica un beneficiu sau o defavoare, în cariera unui pianist sau muzician, în general?

– În primul rând, vreau să-ţi mulţumesc pentru interpretarea ta a preludiului skriabinian. A fost o plăcere să te ascult şi să te admir. Cât despre critică, am să spun că este crucială în viaţa muzicianului în devenire. Critica sinceră şi obiectivă e precum aurul ascuns în apele unui râu, necesită mult noroi şi pietre pentru a fi găsit, dar odată ce a fost recunoscut, te îmbogăţeşte instantaneu. Dar orice critică e neplăcută. Căci, adesea ne considerăm infailibili, iar critica pică tocmai atunci, când ne simţim bine pe piedestal.

Critica nu poate fi stopată sau controlată. Este un flux de informaţii care va veni de oriunde, în special de la cei care au puţine tangenţe cu muzica. Tot timpul va exista cineva care va găsi ceva de îmbunătățit în interpretarea ta sau va urî în totalitate rezultatul muncii tale. Motive pot fi diferite – de la invidie la simpla diferență de gust.

Dacă e să ne referim la persoanele care cu adevărat, au dreptul la critică, într-un domeniu subiectiv precum al nostru, numărul lor se reduce considerabil. Colegul de breaslă, de obicei, nu se va încumeta să critice, pentru că știe cât e de dificilă viața de muzician. Anume din respect pentru munca ta și a lui, își va păstra opinia pentru sine sau poate va comenta pe la spate. Nici profesorul nu poate fi complet obiectiv, poate doar la început, apoi devine prea implicat și opinia lui deviază sub o influență personală. Chiar și în cazul unui concurs, fiecare membru al juriului aparține unei școli, unui grup și unei opinii formate din experiențele personale. Deci este o iluzie gândul că „pot interpreta perfect, încât nimeni să nu comenteze nimic".

În consecință, ajung la ideea de bază: contează atitudinea personală față de critică, cea care depinde doar de noi înșine. Filtrul nostru personal care ne ajută să definim tipul criticii, constructivă sau distructivă, și importanța acesteia în corelație cu ceea ce ne priește nouă. Altfel spus, critica trebuie privită din perspectiva personală, și nu a celui care critică.

Mai 1967

Anunțul a fost făcut în familia Montblanc din Tarbes, într-o zi caldă de mai. Întreaga familie era în al șaptelea cer. Eloise nu-și găsea locul de fericire și tot întreba de părinții lui Miroslaw. El, galant ca întotdeauna, îi răspunse că mama sa va fi neapărat prezentă la ceremonie, alături de alte rude care se vor încumeta să vină până în sudul Franței. Doar că tatăl lui nu va fi. A murit în război, pe când Miroslaw era copil. Ca amintire, ținea mereu o fotografie de-a lui în portmoneu, unica ce a mai rămas de la tatăl său.

Gustav, văzând că fetele au trecut la teme de ordin feminin, precum rochia și pantofii miresei, îl invită pe Miroslaw să admire podgoriile sale, bogate în struguri. Iar mai târziu, l-a poftit la o degustare a vinului *Madiran*, prin beciurile răcoritoare ale vilei sale. Propunerea îl mișcă pe tânăr și îl urmă cu mare plăcere.

Soții Montblanc și-au îndrăgit ginerele din prima, în special, Gustav, care, în sfârșit, simțea o echilibrare a energiilor în familie. Astfel, nu au avut nici o pretenție când tinerii logodiți și-au anunțat dorința de a organiza în luna august o ceremonie simplă.

Totul era planificat în mintea Eloisei. Pentru început, căsătoria va fi oficiată la primăria din Tarbes, apoi la Catedrala *Notre Dame de la Sède,* unde va avea loc ceremonia religioasă. De vreme ce ambii erau catolici, problema religioasă a fost scoasă de la ordinea zilei. Iar spre seară, petrecerea va fi organizată în curtea de lângă casa familiei Duport. O singură problemă a mai rămas, data. Atunci, Miroslaw a venit cu o idee :

– Madeleine, i-a spune-mi, ai vreun număr preferat?

– Păi, 7 ar fi, cred...

– Al meu este 11, ziua de naştere a tatălui meu. Împreună fac 18. E o dată reuşită pentru nunta noastră. Tu ce zici?

Madeleine, surprinsă, îi sărută obrazul iubitului şi zise:

– Cea mai reuşită!

18 August 1967

Aşa şi a fost, o dată reuşită, într-o zi extraordinară. Eloise a organizat o frumuseţe de nuntă, întocmai cum s-a stabilit. Festivitatea a avut loc în curtea casei familiei Duport, unde era loc cam pentru o jumătate dintre toţi locuitorii comunei. Căsătoria a fost una tradiţională, dar cu nuanţe tipice oamenilor de artă: multă gălăgie, muzică aleasă, dansuri şi veselie garantată.

Mireasa buclată, într-o rochie simplă, din satin şi dantelă, plutea printre invitaţi precum o zână, alături de mirele chipeş, îmbrăcat într-un costum negru clasic şi cu papion alb. Un cuplu de vis, era gândul fiecărui invitat din acea seară, de la frumusețea și inocența lor, la talentul muzical remarcabil, dăruit de Dumnezeu. Chiar și Geneviève, toastând, a recunoscut cât de bine se potrivesc mirii și că este mândră de sora ei că și-a găsit perechea.

În timp ce veselia era în toi, în compania prietenilor muzicieni care adesea se dădeau în spectacol și a rudelor părtașe la eveniment, Eloise, cu un pahar de șampanie în mână, se lăsa pradă amintirilor. Odată, într-o lună de vara, tot în această curte, acum 32 de ani, ea și soțul ei își sărbătoreau căsnicia. Doar că era o mare diferență dintre tinerii de acum și cei de atunci. Eloise niciodată nu și-a iubit soțul cu adevărat. Nu că l-ar fi urât sau disprețuit, pur și simplu, nu l-a iubit. De altfel, Eloise nu a iubit pe nimeni, iar din cauza că s-a măritat prea devreme, s-a împăcat cu ideea că poate nu îi este dat să simtă acele zvâcniri ale inimii îndrăgostite. „Bine că a fost așa. Precum spunea tata, reputația bună este cel mai sigur mod de a scăpa de judecata lumii", concluzionă tristă Eloise.

Anul 1935

Primarului comunei Tarbes, François Duport, nu i-a fost frică de nimic în viață. Nici de războaie, nici de dușmani și nici de sărăcie. În schimb, frumusețea și popularitatea fiicei sale îl teroriza zilnic. Își iubea copila ca ochii din cap. A crescut-o fără mamă, de unul singur și cu toate că i-a oferit

72

totul, a avut remușcări că nu a găsit pe cineva care să-i dea dragoste de mamă. A făcut avere cu propriile eforturi, tot de unul singur a ajuns primar, însă datorită vieții publice, Eloise a devenit cea mai curtată fată din comună. Când a împlinit 16 ani, primarul vedea cum fata îi scapă de sub mână și nu mai știe de vorbă bună. Astfel, s-a împăcat într-un fel să fie urât de fiica lui, doar să fie în siguranță. I-a interzis totul, în afară de școală și câteva prietene. Atât. Era decizia dură care trebuia luată. Numai Eloise știa câte lacrimi a vărsat în pernă și cât de mult își blestema tatăl, pentru viața insuportabilă pe care i-a oferit-o. Se simțea ca o pasăre în colivie și tot se întreba cu ce a greșit de are o astfel de soartă.

Până în ziua când primarul Duport a venit spre seară acasă și fata nu era de găsit. Oroarea scrisă pe fața bietului tată era de nedescris, doar câteva gânduri despre consecințele devastatoare ce puteau să i se întâmple i-au paralizat orice capacitate de acțiune. În starea sa de perplexitate, s-a gândit să o caute la vecini, însă fără rezultat. Aceștia, la rândul lor, au încercat să-și ajute liderul. Astfel, un grup de oameni, s-au pornit în căutarea tinerei dispărute. O noapte întreagă au căutat, dar fără succes și spre dimineață, François Duport, ostenit, a fost nevoit să amâne căutările din cauza unor urgențe survenite la primărie. Cei rămași, însă au continuat căutările.

Întors acasă pe la amiază, şi-a găsit fiica în sufragerie, alături de un tânăr, într-un hal fără de hal, murdară, înfricoşată şi plânsă.

– Am găsit-o, domnule primar, se ascundea în hambarul nostru, spuse tânărul. – Nu a voia să vină, dar eu am convins-o, spunându-i că aşa e mai bine şi că dumneavoastră sunteţi foarte îngrijorat de dispariţia ei.

Primarului, luat prin surprindere, nu-i venea să creadă, era atât de fericit, încât îi cuprinse pe amândoi tinerii, îşi sărută fiica şi dădu mâna cu băiatul. Rugă apoi bucătăreasa să pregătească ceva de mâncare. A fost o zi grea.

***

– Spune-mi, cum te numeşti, tinere? întrebă primarul în timp ce luau prânzul.

– Gustav, domnul primar, Gustav Montblanc, răspunse soldăţeşte tânărul.

– Eşti fiul lui Basile? Tatăl tău face vin bun. Poate cel mai bun din zonă. Ia spune-mi, o să te faci şi tu vinificator, ca şi tatăl tău?

– Sigur, domnule primar, aşa au făcut toţi bărbaţii familiei Montblanc, sunt secrete ale vinificatorilor care se transmit de generaţii. Caut şi eu să le cunosc, de la tata şi bunicu.

Hotărârea a fost luată simultan cu vorbele tânărului. Trebuie să-i căsătorească. E unicul mod prin care va reuşi să scape de ruşinea provocată de fată şi să-şi asigure o reputaţie de nădejde în viitor. Era un plan reuşit.

A doua zi, în casa familiei Montblanc a fost discutată logodna tinerilor, iar peste jumătate de an s-au cununat în catedrală. În acest timp, Eloise nu a înţeles prea bine că acestea se întâmplau anume cu ea. Astfel, într-un timp relativ scurt, fără a fi întrebată, s-a trezit într-o familie, cu un soţ şi cu responsabilităţi noi. Derutată, întrebă de puterile divine, de ce a meritat o astfel de viaţă şi care-i rostul ei. Abia peste ani, a înţeles, când a născut-o pe Geneviève, un boţ de aur, cu ochii migdalaţi, care au cucerit-o din prima clipă. Atunci Eloise a realizat menirea ei de a fi mamă.

A investit tot ce a avut mai bun în fetele ei. Le-a dat o bună educaţie pentru a le asigura independenţa, le-a cultivat maniere pentru a se integra în orice mediu social şi valori ce le vor face respectate. Reputaţia reprezintă totul. În asta a învăţat să creadă Eloise şi va crede întotdeauna.

Dintre cele două fete ale ei, Geneviève a fost cea care a urmat întocmai sfaturile mamei. A respectat modelul impus încă din copilărie. Madeleine, în schimb, făcea totul după propria-i dorinţă. Deşi era cuminte şi niciodată pusă pe şotii, de copilă a fost mult prea dedicată unei lumi imaginare. Putea să stea cu ei la masă şi să nu fie prezentă, lucru care o deranja enorm pe Eloise, dar care cu timpul, în special când Madeleine a obţinut primele succese pianistice, a învăţat s-o accepte.

Acum, Eloise vedea în faţa ei o doamnă, soţie la mâna unui bărbat demn, cu faimă mondială şi aprecierea tuturor. Era mândră de sine, a reuşit cu ambele fiice, în special cu Madeleine, care i-a demonstrat că poţi fi tu însuţi şi să fii fericită.

**

În timp ce îşi revizuia propria viaţă, se apropie Gustav şi o cuprinse. Era omul cu care a trecut prin grele, dar şi frumoase încercări, bărbatul pe care nu l-a iubit, dar pe care a învăţat să-l respecte, căci el a iubit-o necondiţionat.

Capitolul XI

– Doamna Montblanc, cum ar trebui să ne motivăm în studiu, când în jur există atât de multe talente care ne depăşesc şi în tehnică şi în experienţă? întrebă, uşor stingherit, un student.

– Cel mai eronat vreodată este să priveşti în jur, când ai pianul în faţă, comentă pianistă un pic iritată, dar se domoli repede, apoi continuă. – Vă înţeleg neliniştea şi neîncrederea, sunt lucruri absolut fireşti pentru orice începător, dar motivaţia e satelitul ce se roteşte doar în jurul planetei personale. O motivaţie din exterior poate avea efecte pozitive doar la început, apoi se sparge, ca un balon, de realitatea oscilantă. Azi tu eşti mai bun, mâine celălalt şi aşa se iroseşte energia preţioasă, pe nimicuri. Există loc şi timp pentru competiţii. Nu transformaţi viaţa cotidiană într-un concurs, nu veţi câştiga niciodată.

Vreau să mai vorbesc despre un impediment în motivaţie, pe care l-am întâlnit des la studenţii mei, continuă doamna: Acest gând nu ţine neapărat de întrebarea la care sper că am răspuns satisfăcător, dar care pentru mine are suficientă importanţă pentru a fi discutată. În prezent, confortul a devenit principiul fundamental şi prioritar în stabilirea unui scop. Iar relevanţa motivației scade proporțional odată cu timpul și efortul necesar în obținerea acestuia. Cu alte cuvinte, vrem să obținem totul cu eforturi minime. Desigur, dorințele și standardele sunt mai mari acum, aproape irealizabile în scurt timp, de aceea mulți încearcă, dar prea puțini reușesc.

Datorită progresului tehnologic am învățat să obținem totul repede și fără mari eforturi. Am învățat să nu punem întrebări, căci considerăm că la toate s-a dat răspuns deja. Preferăm să imităm pianiștii de renume datorită interpretării lor impecabile, dar ne este frică să aducem un aport personal în muzică. Totul ce cu adevărat contează se obține foarte greu și cu multă introspecție. Doar așa apreciem. Greutățile ne modelează, ne înnobilează și ne ajută să fim mai buni. Anii și efortul personal sunt pilonii acestei profesii care, mai devreme sau mai târziu, ca o sită îi va cerne pe cei care nu-și au rostul aici.

Viața nu are rolul de a ne oferi confort. Pe cât de confortabil veți trăi, pe atât de dificil va fi atunci când veți înfrunta dramele, obstacolele vieții. Cele mai grele momente în viață le veți întâmpina de sine stătător. Da, vor fi cei apropiați alături, dar rezistența de a trece peste încercări va cere să vină din interior. Acolo unde nimeni în afară de dumneavoastră nu poate ajunge și nimeni nu vă poate scoate. Iar dacă alegeți confortul în probleme minuscule, firește, când va fi nevoie de voință, aceasta nu va fi de găsit. Vă îndemn, astfel, să lăsați confortul la o parte, să căutați, să explorați, să puneți întrebări ce nu au un răspuns facil. Atâta timp cât confortul nu va fi un obstacol în studiul dumneavoastră, motivația va crește necontenit. Iar de aici începe următorul stadiu de motivare, pur artistic.

Noiembrie 1972

Au urmat cinci ani de fericire divină, în care Madie și Miro pluteau în reveria dragostei, descoperind în fiecare zi motive să se iubească tot mai mult. Miroslaw s-a mutat cu traiul în suburbia Parisului alături de frumoasa sa soție, în locuința închiriată anterior. Ambii au cunoscut o activitate artistică prolifică în acești ani. Madie concerta pe marile scene ale Franței, iar Miro era dirijor invitat în diferite orchestre pariziene. Erau mereu împreună, savurau viața de cuplu și planificau copii cât de curând.

Datorită interesului vădit al lui Miroslaw pentru muzica contemporană, deseori avea o mulțime de oferte să dirijeze în diferite țări europene, însă era hotărât să le refuze, pentru că era satisfăcut de aprecierea de acasă și nu voia pe mult timp să-și lase soția. Până când nu a venit o invitație din Statele Unite, țara pe care a visat dintotdeauna să o viziteze și acum, în sfârșit, a apărut această posibilitate. Când i s-a spus că călătoria va dura doar o săptămână, cu toate cheltuielile asigurate, nu a avut de ales şi a acceptat. Madeleine era fericită pentru soţul ei şi l-a încurajat să plece, căci astfel de experienţe se întâmplă rar.

Săptămâna a trecut repede, Miroslaw a sunat-o de câteva ori, entuziasmul său spunea totul despre călătoria sa. După una din convorbirile lor telefonice, Madeleine s-a hotărât să-i organizeze o cină romantică pentru seara când se va întoarce. Nu era cine ştie ce bucătăreasă dar, datorită mamei sale, câteva feluri de mâncare ştia să gătească.

În seara cu pricina, totul deja era pregătit pentru a-l surprinde pe Miroslaw. O masă frumos aranjată, muzică de fundal şi ea într-o rochie neagră, elegantă. Dar soţul ei iubit întârzia. Atunci Madie a hotărât să dormiteze un pic pe fotoliu, iar când va auzi uşa, va fi gata să-l surprindă. Nu se ştie cât a dormit Madeleine, dar la un moment dat s-a trezit de la zgomotul cheilor ce deschideau uşa. „E Miroslaw!", gândi Madeleine şi fugi repede spre intrare pentru a-l întâmpina. Când a deschis, în faţa ei a apărut Geneviève cu o faţă sumbră şi o privire speriată:

— Am crezut ca este Miro. Intră, Geneviève, dar ce-i cu tine, s-a întâmplat ceva?

— Madie, îmi pare rău ca sunt eu cea care îţi spune, dar cei de la poliţie, nu ştiu cum, au încurcat numerele de telefon şi m-au sunat pe mine...

— Poliţie...?

– Madie, avionul în care zbura Miroslaw a suferit un accident, ceva nu a mers bine şi ... şi s-a prăbuşit în ocean, în apropiere de Franţa, zise cu lacrimi în ochi Geneviève. După cum au spus cei de la poliţie, nu a supravieţuit nimeni. Există, totuşi, o speranţă, trupul lui nu a fost de găsit, a fost dus de apă. Nu se ştie în ce direcţie l-ar fi putut duce curentul, acum îl caută. Madie...îmi...

S-a lăsat o linişte mortală, graiul Genovièvei a secat când a văzut cum se schimbă faţa surorii sale, sfâşiată de durere. Nu ştia ce să facă, voia să o îmbrăţişeze, însă, judecând după starea ei, nu se încumetă să facă un pas. Madeleine se întoarse brusc cu spatele, se aşeză pe fotoliul preferat al lui Miro, apoi rosti rar şi apăsat:

– Pleacă, Geneviève, vreau să rămân singură.

– Madie, nu pot pleca acum, eşti devastată, lasă-mă să rămân, mă doare sufletul, vreau să te ajut... lasă-mă să te ajut...

– Pleacă, te rog, nu ai cu ce să mă ajuţi, vreau doar să mă adun... rosti Madie încercând din răsputeri să-şi stăpânească neputinţa, durerea şi lacrimile.

– Bine, a răspuns sec Geneviève, mai mult ca să n-o supere, dar te rog să nu faci vreo prostie, mâine vin părinţii. Suntem cu toţii alături de tine...

– Aşa să fie, a răspuns Madeleine cu o voce rece ca gheaţa.

***

Era trecut de miezul nopții. Camera, deodată s-a făcut mai mică și obscură, încât razele lunii au străpuns ușor pereții acesteia, dar și sufletului ei. S-a apropiat încet de pian, a luat loc în fața maiestosului instrument și a ridicat capacul acestuia. Albul clapelor lumină în fața ei, a simțit că e acasă. S-a gândit să cânte întâia parte din *Sonata Lunii*, însă durerea a făcut ca degetele singure să-și aleagă melodia. În ritmul grăbit al *Presto*-ului *agitato* din aceeași lucrare, s-a revărsat întreaga măiestrie adunată în ani, pasiunea nu cunoștea hotar, iar energia răbufnea în fiecare notă.

După ce a finisat piesa, se auzeau doar bătăile inimii și respirația ei agitată. Fără a ezita mult, tânăra a început să cânte partea din nou, de data aceasta și mai înverșunat... Apoi încă o dată, și încă o dată, cu o forță nouă, mai dură, mai crudă, mai barbară. Corzile pianului nu aveau de ales, decât să răspundă la fiecare presare a clapelor ca un prieten adevărat și fidel.

Când a prins a obosi, a ridicat ușor mâinile de pe claviatură, doar pentru câteva clipe, apoi a dat viață *Adagio*-ului de Samuel Barber. În așa mod încât clapele au simțit fiecare strop de durere, iar reverberațiile acestei suferințe, transfigurate, au crescut mai lungi, mai profunde, mai lejere...

Spre surprinderea ei, o lacrimă a scăpat de sub control. Era prima lacrimă pentru el, a urmat alta și așa, una câte una, își găseau drum pe obrajii ei. Plângea în tăcere, în timp ce melodia își croia cursul logic. Fața-i părea cioplită din piatră, doar rostogolirea ritmică a lacrimilor denota că era încă vie. A urmat o noapte lungă și sfâșietoare, într-un acompaniament sumbru al întregului repertoriu care îl ținea minte, de la Bach până la Șostakovici. Dimineața, când razele soarelui au atins ochii ei istoviți, tânăra sleită de putere, a căzut secerată peste claviatura pianului care a gemut într-un haos de sunete. Apoi a adormit.

Capitolul XII

Variațiuni negre în stropi de lumină

Iunie 2013

Seara se apropia de sfârșitul evenimentului, publicul părea curios de cele ce urmau să se întâmple, dar în același timp era nerăbdător să se încheie serata, pentru a avea posibilitatea să mai discute. De pe scaunele din spate se ridică o studentă, vizibil derutată, gata să se așeze la loc, dar Madeleine o întrebă:

– Ai cumva o întrebare pentru mine, domnișoară?

– Da, doamnă Montblanc...

– Atunci vreau să o aud, dar vorbește mai tare, ești prea departe de diapazonul auzului meu, surâse bătrâna.

– Păi, voiam să întreb: ce să fac dacă muzica n-a fost așa cum m-am așteptat să fie? Pe zi ce trece exersez tot mai mult, dar nu reușesc să cânt pe scenă așa cum îmi doresc și m-am... m-am dezamăgit de alegerea mea...

– I-a spune-mi ai suferit vreo experiență negativă în ultimul timp?

– Da, sunt violonistă și am susținut un concurs într-o orchestră, dar nu am fost acceptată...

– Înțeleg. Să știi că și eu nu am luat premiul întâi la toate concursurile la care am participat. Numai experiența mea la *Concours Long-Thibaud* cât face! A fost neplăcut atunci, dar știi ce am făcut după? Nu am renunțat. Eșecul în viața noastră are un rol enorm în descoperirea sinelui. Din păcate, realizăm acest lucru mult mai târziu și prin multă osârdie.

Adesea ne simțim dezamăgiți și deziluzionați că nu am obținut ceea ce ne-am propus sau chiar suntem supărați pe soartă că nu ne-a oferit recompensa în forma dorită. În realitate, cel mai des plângem anume munca pe care am irosit-o, nu rezultatul scontat. Nu avem de unde ști cum viața fiecăruia se poate schimba după realizarea unui scop, e ca și cum nu am trecut pe celălalt mal. Îl vedem de departe, e atât de ademenitor, dar până nu vom înota râul și nu vom pune piciorul pe celălalt mal, nu vom ști niciodată cum poate fi. Plângem timpul pierdut și numeroasele investiții, dar dacă e să privim altfel lucrurile, munca noastră nu se pierde niciodată, doar se transformă în experiența care ne va ghida în viitor, în realizarea adevăratei meniri. Eșecul selectează ce merită să existe în viața noastră și ce nu trebuie să se întâmple. Să ne amintim de cuvintele lui Lavoisier: „Nimic nu dispare, totul se transformă". Astfel, transformarea are loc prin gratitudine, printr-o apreciere practicată zilnic. O viață în care învățăm să fim recunoscători pentru puținul ce ni se dă nu este uşoară, cere multă dăruire, dar totodată oferă recompense nebănuite.

Ce este în esenţă eşecul? Este nimic mai mult decât o neacceptare. Odată ce acceptăm orice experienţă, oricât de devastatoare, doar ca o ... experienţă, eşecul prin definiţie dispare. Noi permitem nereuşitei să ne acapareze şi să ne domine, în tentativa disperată de a păstra nişte idei perfecţioniste, formate anterior. Atunci când eşecul va fi inclus ca parte componentă a progresului, nu ca ceva ireversibil, ci ca o simplă experienţă în continuă transformare, percepţia realităţii va căpăta o nouă dimensiune. Iar micile erori, care cândva creau frustrări şi dezamăgiri, vor deveni doar etape singulare în calea spre realizarea vocaţiei personale.

Decembrie 1972

A doua zi Madeleine nu s-a ridicat din pat, nici a treia zi şi nici peste o săptămână. Datorită mamei şi surorii sale, reuşea să mănânce ceva şi să schimbe două vorbe la telefon cu tatăl său, care a rămas în Tarbes. Nici mama lui Miroslaw nu a reuşit să o convingă să o viziteze la Varşovia, unde urma să aibă loc înmormântarea. Toţi se întrebau cum să organizeze funerariile, fără corpul lui Miroslaw sau cu, dacă eventual, se va găsi. Madie nici nu voia să audă de înmormântare şi, în general, nu voia să audă de nimic.

Viaţa ei s-a prăbuşit, s-a scurs printre degete ca nisipul uscat de arşiţă şi doar acum, după ceva timp de la catastrofă, Madie a perceput întregul tablou al devastărilor interioare. Ca să se distragă a încercat să cânte la pian, însă sunetele îi păreau la fel de afone, precum îi era sufletul. A încercat să privească televizorul, să citească o carte, să asculte radioul, ocupaţia preferată din copilărie, toate însă o furau doar pe câteva minute, apoi gândurile negre o înghiţeau din nou. A refuzat orice propunere de a susţine recitaluri sau interviuri, de altfel, privaţiunea era singura ce păstra o părticică din integritatea ei.

Până când într-o dimineaţă, când soarele lumina în direcţia ei, Madeleine a deschis brusc ochii, s-a ridicat până la speteaza patului şi a tresărit: „Dacă trupul lui este de negăsit, atunci Miro este în viaţă...", gândi Madie într-o stare frenetică. „Dacă el este în viaţă, eu trebuie şi chiar am să-l găsesc."

Din acea dimineaţă, Madeleine s-a schimbat complet, apatia ei s-a transformat în anxietate, iar lacrimile într-o determinare înverşunată. A început, desigur, cu informaţia despre accident: cine, unde şi de ce. A sunat o mulţime de investigatori şi departamente de poliţie. A cercetat posibile ţărmuri unde ar fi putut înota. A scris în ziare, la radio şi a lipit pe stâlpi. Orice putea deveni o pistă, un indiciu, o ... speranţă. Se trezea cu gândul de a-l găsi şi tot cu acest gând îşi găsea somnul, seara.

Când vorbea cu familia şi puţinii cunoscuţi pe care îi avea, evita să discute despre activităţile ei, deşi toţi ştiau, mai mult sau mai puţin, de implicarea ei în căutarea lui Miroslaw. Pentru cei care o cunoşteau mai puţin, Madeleine revenise parcă la normal, comportamentul şi controlul de sine nu trădau aproape nimic, doar dacă priveai atent în ochii ei, se putea observa tragismul ascuns în spatele unei obsesii paranoice.

La început, această obsesie era de înţeles şi poate uneori susţinută, însă de la o vreme, Madeleine nu dădea semn de vreo reconciliere faţă de această situaţie, era la fel de înverşunată ca în prima zi de când a hotărât să-şi găsească soţul. Nu o dată, i s-a explicat că sunt foarte puţine şanse de a-l găsi după o jumătate de an, iar pe zi ce trecea, şansele scădeau tot mai drastic. Însă Madeleine era nestrămutată ca o stâncă, încât se adăugaseră şi nişte stări psihotice. Toată familia era pusă pe jar.

**

De la accident, Geneviève rămânea mai des la sora ei, pentru a o susţine şi de frică să nu cumva s-o încerce nişte idei suicidale. A încercat să-i ofere tot confortul fizic şi sufletesc de care ar putea avea nevoie, dar astăzi era hotărâtă să-i vorbească mai serios, în numele tuturor celor îngrijoraţi de starea ei. Se apropie de Madie, în timp ce aceasta bea o cafea:

– Vreau să-ţi vorbesc ceva ... Cum te simţi?

– Sunt bine, ce ai vrut să-mi spui ? întrebă Madie distrasă de băutura caldă.

– Păi, am vorbit cu mama şi tata şi ne gândim că ar fi bine să mai renunţi la investigaţii.

– De ce să renunţ? întrebă Madeleine, devenind aparent mai încordată.

– Ne facem griji pentru tine, Madie, a trecut ceva timp, dar stările tale devin tot mai alarmante.

– Poftim?! Adică, tu vrei ca eu să renunţ la unicul lucru ce îmi dă speranţă, pentru că voi găsiţi stările mele alarmante?! abia se stăpâni Madie, aruncând o privire tăioasă către sora ei.

Geneviève încercă din răsputeri să nu răspundă provocării, însă oboseala şi iritarea îşi spuneau cuvântul:

– Madeleine, până acum totul a fost bine, ai avut o viaţă frumoasă cu multe victorii, un soţ bun, dar uneori, viaţa nu e aşa cum ne dorim. Miroslaw nu mai este, iar tu nu poţi să faci nimic. Oricât de tare ai vrea, este peste puterile tale.

– Eşti o INVIDIOASĂ! Aşa ai fost tot timpul, iar acum celebrezi eşecul meu! TE URĂSC!!

În secunda următoare, Madeleine a primit palma peste faţă. A fost ultima picătură pentru Geneviève. Multe le-a suportat, dar la aşa ceva nu s-a aşteptat. Totuşi, când situaţia s-a detensionat, a început să regrete lovitura.

Madeleine a stat cu mâna la obraz, într-o stare completă de şoc, apoi ca şi cum o ceaţă i s-a luat de pe ochi, brusc, i-a schimbat privirea. Au început să-i curgă lacrimi. Multe. Grele. Plângea cu voce tare, așa cum nu a plâns niciodată. Erau lacrimile unui suflet rănit. Genovième, cutremurată, a cuprins-o, cerându-și scuze, dar realiză că sora ei nu plângea din cauza palmei. Era durerea adunată într-un loc adânc, ascuns de lume și care, în sfârșit, s-a revărsat la suprafață.

Madeleine a plâns mult, iar când s-a mai liniștit un pic, Geni i-a propus un ceai de mentă, să-l servească împreună, așa ca între surori. Au început a vorbi, despre una, despre alta, așa încât Madie simți libertatea de a-i mărturisi totul surorii sale, știa că va fi înțeleasă.

— A căuta pe cineva dispărut e ca și cum ai fi prins între două lumi. Într-un mijloc de purgatoriu, care te ține legat de un lanț și te hrănește cu speranța că poate mâine sau poimâine îl vei regăsi, îl vei revedea și, împreună, veți trăi din nou ca odată. Este mijlocul care împarte viața în două, cea împreună cu el și cea de după el. Iar atâta timp cât el este de negăsit, speranța niciodată nu va dispărea...

Genovième tăcea, asculta cu atenție, în timp ce sora ei continua destăinuirile.

— Știi, unii oameni sunt apropiați unui anumit rol social, spuse Madie, schimbând tema, unele femei sunt mame, ca rol și menire, care iubesc toți copiii la fel. Sunt femei și bărbați familiști și pentru familie vor face totul. Iar unii, sunt dăruiți trup și suflet dragostei, acelei persoane speciale căreia îi dedică răsăritul şi apusul, luna şi soarele, viaţa şi moartea. E bine să ştii cine eşti şi să accepţi că alţii pot fi diferiţi şi dacă pentru tine familia e cea mai importantă sau cariera, respectă-i pe cei al căror suflet le vorbeşte doar în cântece de dragoste.

După o pauza lungă, surorile reveniră la cele discutate anterior:

– Trebuie să învăţ să trăiesc fără el, Genoviève, spuse Madeleine, ceea ce demult simţea, dar nu voia să recunoască. Dar nu pot să rămân aici, unde totul îmi aminteşte de el. Am să plec în Statele Unite, am deseori oferte pentru un post de profesoară. A fost ultima ţară vizitată de Miro, acest lucru mă inspiră să plec încolo.

– Bine, Madie, dacă crezi că în State te vei simţi mai bine, nu am nimic împotrivă, dar va trebui să pleci în Tarbes, să le spui şi părinţilor. Va fi mai liniştitor pentru toată lumea.

– Aşa voi face, Geni.

– Te iubesc, Madie, eşti unica mea soră. De la care m-am inspirat, m-am motivat şi pentru care am cunoscut o adevărată mândrie în suflet.

- Şi eu te iubesc, Geni, ai fost pilonul de care am avut multă nevoie şi încă mai am, în aceste momente grele, dar ştiu sigur – noi, surorile Montblanc, nu ne dăm bătute cu una-cu două.

Capitolul XIII

Trebuie să cazi atât de jos, să te loveşti atât de tare, încât să alegi schimbarea.

Iunie 2013

– Dragi studenţi şi profesori, mai avem timp pentru o întrebare şi după care îi vom oferi cuvântul doamnei Montblanc, spuse directorul Conservatorul. Cine va avea onoarea să întrebe ultimul?

Nimeni nu a manifestat iniţiativă, probabil intimidaţi de prezenţa directorului în scenă. Atunci, domnul Boudin s-a adresat unui profesor nou la Conservator:

– Adam, poate dumneavoastră aveţi vreo idee?

Proaspătul profesor nu s-a aşteptat să fie numit, dar nu a ezitat să se ridice.

– Doamnă Montblanc, am o întrebare, poate nu atât de potrivită, dar am fost întotdeauna curios. Se spune că oamenii de artă sunt superstiţioşi. Dumneavoastră aveţi vreo superstiţie?

– Toate întrebările sunt importante şi potrivite, din motiv că toate cer cunoştinţă şi, după cum se ştie, cunoaşterea este putere. Acum, ce ţine de întrebare: superstiţia reprezintă repetarea unei acțiuni, care, de regulă, nu are nici o legătură cu ceea ce va urma, dar care, nerealizată, ar putea, cumva, compromite performanța scenică. În opinia mea, superstițiile au beneficiile lor, căci atunci când sunt respectate, ne conferă încredere și o oarecare siguranță. Dacă nu, atunci vă veți compromite singuri, indiferent de superstiție. Veți deveni sclavi ai propriilor frici. Astfel, eu vă sfătuiesc să lăsați la o parte superstițiile înainte de concert și mai bine formați-vă niște obiceiuri pozitive, care nu cer o repetiție fixă. O plimbare de seară, cu o zi înainte de concert, citirea unei cărți, chiar și un desert, toate sunt prielnice pentru crearea unei bune dispoziții, pe care, ulterior, o veți transmite publicului.

Totuși, am întâlnit în viața mea ceva mult mai profund ca superstițiile – semnele. Acestea își fac loc în viața fiecăruia în cele mai inedite moduri, de la clopotul unei biserici la un moment potrivit, până la cuvintele neașteptate ale unui străin. Semnele au rolul unui mesaj care ne ajută să înțelegem ceva mai mult decât aparențele, fie că e vorba de un moment pozitiv, fie unul negativ. Spre deosebire de superstiții, semnele sunt unice, dar, în același timp, dificil de depistat. Este nevoie de mult discernământ și conștientizare, pentru a fi înțelese și folosite util.

Semnele sunt ca fluxul mării, la început valul îți va atinge doar degetele de la picioare, apoi îți va spăla gleznele, apoi va ajunge până la genunchi și tot aşa, până când vei realiza că ceva nu e limpede la mijloc. Important este să nu vă ia apa, glumi doamna Montblanc.

Totuşi, e vital să înţelegeţi că totul ce întâlniţi în viaţă, fie superstiţie, fie semn, trebuie perceput cu o doză de scepticism. Totul este relativ. Prea multă analiză răpeşte din bucuria vieţii simple. Cum am mai zis, fericirea se clădeşte din bucurii mici, nu le irosiţi pe multă gândire.

August 1973

Într-o singurătate apăsătoare, cu o valiză mică, la intrarea în Gara din Tarbes, Madeleine contempla picăturile unei ploi. Se lăsa uşor distrasă de actorii înrolaţi în diferite scene de viaţă, în jurul gării. Un domn a scăpat biletul, Madeleine l-a ridicat aproape inconştient şi i l-a oferit prietenos. Acesta a mulţumit-o agitat şi dus a fost. Când a revenit la contemplarea ploii, nişte copii au trecut pe lângă ea şi împreună cu ei, o gălăgie plăcută, sinceră, inocentă, dar totuşi efemeră. Două personaje mult prea arogante pentru Madie au încercat să-i distragă atenţia şi să lege o discuţie, însă după câteva eforturi, au renunţat, revenind la conversaţia lor anterioară şi mai inutilă, decât privirea ei în van.

Multă lume intra, ieşea pe uşile gării. În acest şuvoi de energii, ce se perindau în faţa ei, a realizat un lucru – aceasta era viaţa. Totuşi, Madie se simțea singură, acolo unde viața curgea, era în deplină continuitate. Voia să fie în altă parte, acolo unde viața începe, în ploaie, în vânt, în puterea naturii.

În clipa următoare, se avântă în ploaie. Cu ochii spre cer, cu zâmbetul pe buze simțea cum stropii îi atingeau ușor obrajii și părul se umezi. Madeleine râdea bucuroasă că încă poate savura, fără nici o grijă, frumusețea naturii. Descătușată, a lăsat să-i intre în inimă și în suflet ceea ce cu adevărat înseamnă fericire – acceptarea de sine.

Dintr-odată, o nălucă a trecut pe lângă ea, împreună cu un grup de oameni, părea a fi Miroslaw, semăna foarte mult cu el. A privit în toate părțile, a încercat să-l caute, dar năluca nu mai era de găsit. Atunci, într-o stare de șoc, a înțeles că nu putea scăpa de el, era peste tot, nu doar în mintea ei. Nu va mai scăpa de umbra lui, o va urmări toată viața și liniște nu va mai găsi. Tot ce o inspirase până acum, a dispărut precum o adiere de vânt.

Inima a început să-i bată nebunește și mâinile au început să îi tremure. Simțea cum ceva o sugrumă și nu-i ajunge aer. Totul o domina, tot mai multă lume se aduna, iar Madie nu putea să se controleze, doar simțea cât de neajutorată este. Nu mai putea suporta supliciul, era prea de tot, trebuia să fugă, dar când a făcut un prim pas, a căzut. A căzut în genunchi în mijlocul mulțimii, sub ploaia torențială, ale cărei picături se amestecau cu lacrimile ei multe şi grele. Era un abis, o gaură neagră, de unde nu mai vine nici lumină şi nici speranţă.

Până când nu i s-a întins o mână de ajutor. Madeleine a ridicat atunci privirea şi a văzut o femeie cu o umbrelă neagră în mână.

– Ce s-a întâmplat, draga mea? Ai avut o zi rea? şi cu un surâs pe buze, femeia o ajută pe Madeleine să se ridice. Vino sub umbrelă, că eşti udă toată.

Madie ascultă de îndemnul femeii şi se adăposti sub umbrelă.

– Să mergem la dos, de ce stai sub ploaie, ţi-ai pus cumva în scop să faci vreo bronşită?

Madie nu era în stare să vorbească şi se lăsă condusă de doamna cu umbrela neagră. În interiorul gării, femeia i-a oferit o băsmăluţă ca să-şi şteargă faţa.

– Cum te numeşti?

– Madeleine...

– Madie, văd că ţi s-a întâmplat ceva, nu-i aşa? Totuşi, mă uit la tine şi văd o frumuseţe de fată, tânără şi cu un viitor strălucit înainte. Orice nu te-ar cicăli acum, va trece, totul e trecător, şi binele, şi răul. Iar dacă ţi-e greu să te eliberezi de situaţie, caută în altă parte, acolo unde ştii că eşti binevenită. Nu există doar un singur sens în viaţă, sunt atâtea câte ne permitem să le avem. Dumnezeu îţi dă mari încercări, dar tot El îţi dă şi recompense. Dumnezeu e mare.

Tânăra își ștergea lacrimile cu băsmăluța împrumutată.

– Ar fi bine să te gândești la asta, cât timp vei călători. Unde pleci?

– La Paris, răspunse Madie aproape în șoaptă, și apoi în State.

- Oo, atunci ai timp berechet, folosește-l - o încurajă femeia. Hai să mergem spre vagonul tău.

În timp ce parcurgeau peronul, femeia îi mai povesti despre una despre alta, o ajută să ridice valiza și o însoți până nu plecă trenul.

Madie, cu ochii roșii, cu fața scăldată în durere, distrusă din interior, precum fereastra crăpată din vagonul ei, privi prin aceeași fereastră spre femeia care, nu știu cum, dar a reușit să o înțeleagă.

– Vă mulțumesc. Cum vă numiți? strigă tânăra în timp ce trenul o porni din loc.

– Nu contează, draga mea, să ajungi cu bine și Dumnezeu să te aibă în pază!

Madie a urmărit străina până când s-a topit în zare, apoi luă loc. Abia în acel moment sesiză băsmăluța. Era albă, șifonată, cu o monogramă pe ea – „M.S.”. Nu-i venea să creadă, erau inițialele lui Miroslaw, soțului ei. „Ce coincidență!”, exclamă Madeleine.

Capitolul XIV

Vorbe plăpânde și firave brăzdate de ani

Iunie 2013

Madeleine Montblanc se ridică abătută de pe scaun, simțea nevoia să o facă. În acest fel, cuvintele ei vor ajunge mai ușor în mintea și inima spectatorilor. Se mișcă un pic pe scenă, pentru a se dezmorți, apoi zise:

– Suntem atât de asemănători în grijile și durerile noastre. Pe întregul glob pământesc suntem uniți prin aceleași frici și aceleași neliniști. Totodată, reușim să ne inspirăm unul de la altul cu ajutorul unor acțiuni ce sfidează orice frică din lume. Asta este curajul, spunea Osho, a înfrunta frica, chiar dacă ți-e frică. Asta vă îndemn să faceți: să pășiți peste fricile voastre, pentru a fi o inspirație celor care vin din urmă. Totuși, nu numai frica ne poate îngreuna drumul spre o viață mai curajoasă. Marea artistă făcu o pauză pentru a determina publicul să cugete la cele spuse, apoi continuă:

– Ne irosim energia pe lucruri ce nu pot fi controlate... Iar dacă ar fi să împărțim situațiile ce ne înconjoară pe un criteriu al controlului, atunci ar exista trei categorii: lucruri ce pot fi controlate în totalitate de noi, lucruri ce pot fi parţial controlate şi lucruri care nu depind de noi. Dacă muzicienii ar putea să asimileze aceste trei realităţi, transcendenţa muzicalităţii lor ar cunoaşte noi culmi.

Studiul unei lucrări muzicale în toate detaliile sale, de la acurateţea notelor până la sâmburele ideii muzicale, cere o abordare pedantă, asemuită cu munca unui arheolog în descoperirea unor oseminte. Această parte depinde integral de noi şi de nivelul dedicaţiei noastre. Apoi urmează prestaţia scenică, unde controlul nostru nu este asemenea celui din sala de studiu – adrenalină, lumini, priviri ţintite asupra noastră. Nu mai aparţinem corpului nostru. Totuşi, avem parte şi de control aici. Controlul de a reveni la motivul principal, care ne-a inspirat să urcăm scena, la crearea muzicii dedicate publicului.

Referitor la lucrurile care nu depind de noi, păi, asta reprezintă totul ce se întâmplă după recital. Opinia oamenilor nu mai este în controlul dumneavoastră, singurul lucru pe care îl putem face e să rămânem fideli opiniei noastre formate în prima etapă.

Toată viaţa învăţăm să acceptăm faptul că suntem simpli oameni, iar diapazonul controlului nostru este destul de scăzut. Aşa apar conflictele interioare, care pot bruia tot ce e mai frumos în noi. Pornind de la această idee, vreau să vă pun o întrebare pe care îmi doresc să o cântăriți bine: ați încercat vreodată să vă iubiți necondiționat?

A fost o întrebare neașteptată pentru spectatori, toți erau siguri că se iubesc necondiționat. Doamna Montblanc continuă:

– Toți copiii își iubesc părinții necondiționat. La fel și părinții ar trebui să-și iubească copiii, însă societatea impune reguli stricte pentru a supraviețui, astfel dragostea părintească întâmpină multe obstacole, schimbări, malformații ce distrug esențialul în relația părinți-copii, și totuși copiii continuă să-și iubească părinții și viața, necondiționat.

În procesul de maturizare ne metamorfozăm în ceea ce mediul ne modelează și uităm ce e important, dragostea de sine, cea care nu depinde de nimeni altcineva, decât de noi înșine. Poți să te iubești indiferent de ceea ce ai realizat sau mai bine zis, de ce nu ai realizat? E foarte dificil, uneori prea multe sunt puse în joc. E mai ușor să renunți la tine decât la prioritatea de a fi inclus în societate, de a cunoaște bogății materiale sau aprecierea lumii.

A ne iubi fără nici o condiție este darul cel mai de preț pe care fiecare dintre noi ni-l putem oferi. Investirea în această practică, zilnic, ne ajută să ne acceptăm imperfecțiunile și să ne înțelegem mai bine. Este mugurele de lumină spre care trebuie să tindem toată viața. Dragostea trebuie să inspire binele, și nu distrugerea de sine. Muzica glorifică acest bine suprem. Prin muzică redăm esența dragostei și a frumosului estetic.

Toți primim în viață un set de clape albe și negre. Cele albe corespund binelui pe care ni-l dă Dumnezeu, iar clapele negre sunt greutățile care, indispensabil, vor apărea în calea noastră. Eu vă doresc să aveți o viață plină de cromatisme, încununată cu un *Do major* final. Vă mulțumesc, dragii mei, mulțumesc și domnului Boudin pentru organizarea acestei seri speciale. Am avut plăcere pentru fiecare clipă petrecută alături de dumneavoastră, înfruptându-mă din frumoasele melodii oferite.

Când a coborât din scenă, sub aplauzele tuturor, secondată de director, a continuat prin semnarea autografelor și pozarea alături de tinerii fani. Astfel de activități erau o bucurie pentru doamna Montblanc, celebra pianistă care și astăzi a demonstrat profunditatea înțelepciunii ei. Apoi, domnul Boudin a urcat din nou în scenă și a anunțat:

— Doamnelor și domnilor, vă invităm cu mult drag la o cupă de șampanie în cinstea doamnei Montblanc!

Epilog

După gălăgia creată de discuţiile aprinse şi ciocnirea cupelor de şampanie în sala de concert, pe culoarele Conservatorului, într-o linişte evlavioasă, se auzeau într-un descrescendo, paşii rari ai doamnei Montblanc, care nu a ezitat să admire renovările atât de frumos elogiate de director. Tablourile expuse pe pereţi i-au atras atenţia în mod special. Printre ele era şi o reproducţie a tabloului de Monet, *Impresii-răsăritul de soare*. „Câtă seninătate poate reda o pictură", gândi Madeleine admirând tabloul. Deodată, a simţit un fior pe la spate. Madeleine demult nu mai atrăgea atenţia la astfel de nimicuri, însă de această dată, fără să vrea, s-a întors.

Din cauza vizibilităţii mici şi a întunericului de afară, Madeleine a reuşit să desluşească doar silueta unui bărbat. În momentul când a dat să se apropie, o voce mult prea cunoscută de bariton îi năucise auzul:

– Salut, Madie, rosti acea voce. Era glasul lui acompaniat de un ecou prelung, care răsuna de demult şi de departe.

– Miro...

Cuprins :

www.ingramcontent.com/pod-product-compliance
Lightning Source LLC
Chambersburg PA
CBHW070508130626
46555CB00003B/1202